우리고전 100선 01

말똥구슬—유금 시집

우리고전 **100**선 01

**말똥구슬─유금 시집**


2006년 11월 27일   초판 1쇄 발행
2018년  7월  5일   초판 5쇄 발행


| | |
|---|---|
| 편역 | 박희병 |
| 기획 | 박희병 |
| 펴낸이 | 한철희 |
| 펴낸곳 | 주식회사 돌베개 |
| 책임편집 | 이경아 이혜승 |
| 편집 | 김희동 윤미향 서민경 김희진 |
| 디자인 | 박정은 이은정 박정영 |
| 디자인기획 | 민진기디자인 |
| 표지그림 | 전갑배(일러스트레이터, 서울시립대학교 시각디자인대학원 교수) |


| | |
|---|---|
| 등록 | 1979년 8월 25일 제406-2003-000018호 |
| 주소 | (10881) 경기도 파주시 회동길 77-20 (문발동) |
| 전화 | (031)955-5020 |
| 팩스 | (031)955-5050 |
| 홈페이지 | www.dolbegae.co.kr |
| 전자우편 | book@dolbegae.co.kr |


ⓒ박희병, 2006


ISBN 89-7199-251-4 04810
ISBN 89-7199-250-6 (세트)

우리고전 100선 01

# 말똥구슬

—

# 유금 시집

박희병 편역

돌베
개

## 간행사

지금 세계화의 파도가 높다. 현재 진행되고 있는 세계화는 비단 '자본'의 문제이기만 한 것이 아니라, '문화'와 '정신'의 문제이기도 하다. 그 점에서, 세계화에 어떻게 대응할 것인가 하는 것은 우리의 생존이 걸린 사활적(死活的) 문제인 것이다. 이 총서는 이런 위기의식에서 기획되었으니, 세계화에 대한 문화적 방면에서의 주체적 대응이랄 수 있다.

생태학적으로 생물다양성의 옹호가 정당한 것처럼, 문화다양성의 옹호 역시 정당한 것이며 존중되지 않으면 안 된다. 그럼에도 세계화의 추세 속에서 문화다양성은 점점 벼랑 끝으로 내몰리고 있는 것처럼 보인다. 하지만 문화적 다양성 없이 우리가 온전하고 행복한 삶을 살 수 있겠는가. 동아시아인, 그리고 한국인으로서의 문화적 정체성은 인권(人權), 즉 인간권리의 문제이기도 하기 때문이다. 그래서 우리 고전에 대한 새로운 조명과 관심의 확대가 절실히 요망된다.

우리 고전이란 무엇을 말함인가. 그것은 비단 문학만이 아니라, 역사와 철학, 예술과 사상을 두루 망라한다. 그러므로 일반적으로 알려져 있는 것보다 훨씬 광대하고, 포괄적이며, 문제적이다.

하지만, 고전이란 건 따분하고 재미없지 않은가? 이런 생각의 상당 부분은 편견일 수 있다. 그리고 이런 편견의 형성에는 고전을 연구하는 사람들에게 큰 책임이 있다. 시대적 요구에 귀 기울이지 않은 채 딱딱하고 난삽한 고전 텍스트를 재생산해 왔으니까. 이런 점을 자성하면서 이 총서는 다음의 두 가지 점에 특히 유의하고자 한다. 하나는, 권위주의적이고 고지식한 고전의 이미지를 탈피하는 것. 둘은, 시대적 요구를 고려한다는 그럴 듯한 명분을 내세워 상업주의에 영합한 값싼 엉터리 고전책을 만들지 않도록 하는 것. 요컨대, 세계시민의 일원인 21세기 한국인이 부담감 없이 '쉽게' 접근할 수 있는, 그러면서도 품격과 아름다움과 깊이를 갖춘 우리 고전을 만드는 게 이 총서가 추구하는 기본 방향이다. 이를 위해 이 총서는, 내용적으로든 형식적으로든, 기존의 어떤 책들과도 구별되는 여러 가지 모색을 시도하고 있다. 그리하여 고등학생 이상이면 읽고 이해할 수 있도록 번역에 각별히 신경을 쓰고, 작품에 간단한 해설을 붙이기도 하는 등, 독자의 이해를 돕고자 하였다.

특히 이 총서는 좋은 선집(選集)을 만드는 데 큰 힘을 쏟고자 한다. 고전의 현대화는 결국 빼어난 선집을 엮는 일이 관건이자 종착점이기 때문이다. 이 총서는 지난 20세기에 마련된 한국 고전의 레퍼토리를 답습하지 않고, 21세기적 전망에서 한국의 고전을 새롭게 재구축하는 작업을 시도할 것이다. 실로 많은 난관이 예상된다. 하지만 최선을 다해 앞으로 나아가고자 한다. 그리하여 비록 좀 느리더라도 최소한의 품격과 질적 수준을 '끝까지' 유지하고자 한다. 편달과 성원을 기대한다.

박희병

이 책은 유금(柳琴, 1741~1788)의 시집 『양환집』(蜋丸集)을 번역
한 것이다. '양환집'은 '말똥구슬'이라는 뜻이다.

　'말똥구슬'이란 무엇인가. 말똥구리가 굴리는 말똥을 이르는
말이다. 말똥구리는 쇠똥구리라고도 한다. 같은 곤충이지만 말똥
을 굴리면 말똥구리, 소똥을 굴리면 쇠똥구리라고 한다. 말똥구리
는 말똥을 잘라 내어 구슬처럼 동그랗게 만든 다음 그것을 굴려 집
으로 가져간다. 말똥구슬의 크기는 말똥구리보다 수십 배는 크다.
말똥구리는 말똥구슬을 혼자 굴릴 때도 있지만 두 마리가 함께 굴
리기도 한다. 두 마리가 굴릴 경우 한 마리는 물구나무서서 뒷발로
밀고 한 마리는 앞에서 앞발로 당기며 합심하여 굴린다. 혹은 한
놈이 굴리면 다른 놈은 말똥 위에 올라가 과연 제대로 굴리는지 보
고 있기도 한다. 말똥구리는 우직하고 부지런하다. 말똥을 굴리다
가 혹 돌멩이 같은 것에 막히더라도 어떻게든 방향을 틀어 다시 굴
린다. 검푸른빛의 그 작은 몸에서는 반짝반짝 윤이 난다. 정말 대
단한 곤충으로서, 존경의 염(念)을 품지 않을 수 없다. 말똥구리나
쇠똥구리는 내가 어릴 때만 해도 주변에서 흔히 보았는데, 지금은
멸종될 위기에 처해 있다. 멀지 않아 우리 눈에서 완전히 사라지게
될 것이다.

　유금은 자신의 시집 이름을 스스로 '말똥구슬'이라고 지었다.
그리고 18세기의 문호 연암 박지원이 이 시집에다 서문을 얹어 주

었다. 유금은 왜 자신의 시집 제목을 하필 '말똥구슬'이라고 했을까. 그 답은 이 시집 속에 있다.

유금은 저명한 실학자 유득공의 작은아버지다. 문학과 예술에 뛰어나고 자연과학에도 조예가 깊었던 인물로, 18세기 조선을 빛낸 영롱한 별의 하나지만, 일반인에게는 별로 알려지지 못했다. 그가 서른한 살에 쓴 시집 『말똥구슬』은 시인의 고뇌와 진실된 목소리를 담고 있어 오늘날의 우리에게 잔잔한 감동을 불러일으킨다. 이에 기쁜 마음으로 이 책을 한국 고전의 목록에 새로 추가하는 바이다.

끝으로, 한자 원문을 입력하느라 수고한 김수영 군에게 감사의 뜻을 표한다.

2006년 11월
박희병

# 차례

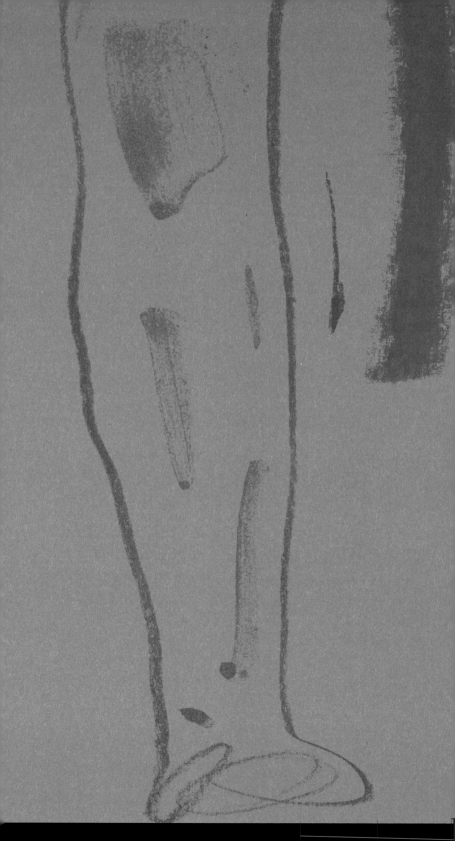

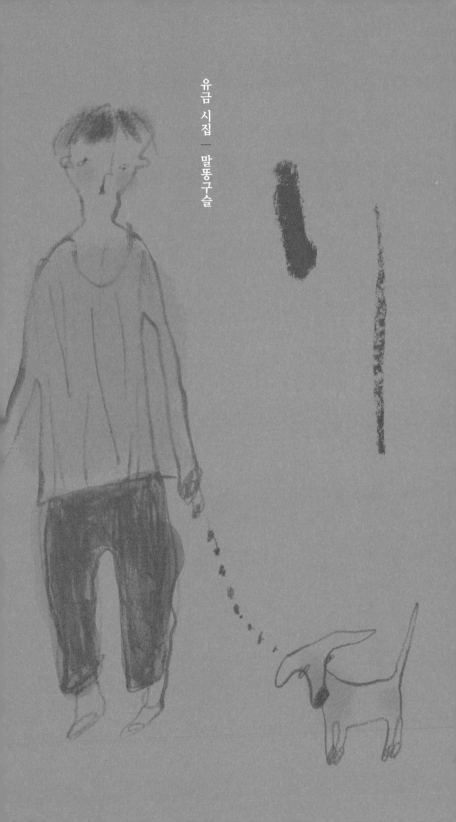

유금 시집 ― 말똥구슬

# 서문

자무(子務)[1]와 자혜(子惠)[2]가 밖에 놀러 나갔다가 장님이 비단옷을 입고 있는 것을 보았다네. 자혜가 휴 하고 한숨지으며 이렇게 말했지.

"저런! 자기 몸에 걸치고 있으면서도 제 눈으로 보지 못하다니."

그러자 자무가 말했지.

"비단옷을 입고 컴컴한 밤길을 가는 사람과 비교하면 누가 나을까?"

마침내 두 사람은 청허(聽虛)선생한테 가 물어보았네. 하지만 선생은 손사래를 치며 이렇게 말했다네.

"난 몰라! 난 몰라!"

옛날에 말일세, 황희(黃喜) 정승이 조정에서 돌아오자 그 딸이 이렇게 물었다네.

"아버지, 이 있지 않습니까? 이가 어디에서 생기나요? 옷에서 생기지요?"

"그럼."

딸이 웃으며 말했네.

---

**1_** 자무(子務): 이덕무(李德懋, 1741~1793)를 가리키는 것으로 보인다.
**2_** 자혜(子惠): 유득공(柳得恭, 1748~1807)을 가리키는 것으로 보인다.

"내가 이겼다!"

이번엔 며느리가 물었다네.

"이는 살에서 생기지요?"

"그럼."

며느리가 웃으며 말했네.

"아버님께서 제 말이 옳다고 하시네요!"

그러자 부인이 정승을 나무라며 말했네.

"누가 대감더러 지혜롭다 하는지 모르겠군요. 옳고 그름을 다투는데 양쪽 모두 옳다니요!"

황희 정승은 빙그레 웃으며 이렇게 말했네.

"너희 둘 다 이리 와 보렴. 무릇 이는 살이 없으면 생겨날 수 없고, 옷이 없으면 붙어 있지 못하는 법이니, 이로 보면 두 사람 말이 모두 옳은 게야. 그렇긴 하나 농 안의 옷에도 이는 있으며, 너희들이 옷을 벗고 있다 할지라도 가려움은 여전할 테니, 이로 보면 이란 놈은 땀내가 푹푹 찌는 살과 풀기가 물씬한 옷, 이 둘을 떠나 있는 것도 아니고, 꼭 이 둘에 붙어 있는 것도 아니거늘, 바로 살과 옷의 '사이'에서 생긴다고 해야겠지."

임백호(林白湖)가 말을 타려 하자 마부가 나서며 아뢨다네.

"나리, 취하셨나 봅니다. 목화(木靴)³와 갖신⁴을 짝짝이로 신으셨습니다."

---

3_ 목화(木靴): 벼슬아치들이 사모관대를 할 때 신는 신으로, 그 모양은 목이 긴 부츠 비슷하다.

4_ 갖신: 가죽신.

그러자 백호가 이렇게 꾸짖었지.

"길 오른쪽에서 보는 사람은 내가 목화를 신었다 할 것이요, 길 왼쪽에서 보는 사람은 내가 갖신을 신었다고 할 테니, 내가 상관할 게 무어냐!"

지금까지 말한 것으로 볼진댄, 천하에 발만큼 살피기 쉬운 것도 없지만, 그러나 그 보는 방향이 다르면 목화를 신었는지 갖신을 신었는지조차 분간하기 어려운 걸세. 그러므로 진정지견(眞正之見)은 실로 옳음과 그름의 '중'(中)에 있다 할 것이네. 가령 땀에서 이가 생기는 것은 지극히 미묘해 알기 어려운바, 옷과 살 사이에 본래 공간이 있어 어느 한쪽을 떠나 있는 것도 아니고 어느 한쪽에 붙어 있는 것도 아니며, 오른쪽도 아니고 왼쪽도 아니니, 누가 이 '중'(中)을 알겠나. 말똥구리는 제가 굴리는 말똥을 사랑하므로 용의 여의주를 부러워하지 않고, 용 또한 자기에게 여의주가 있다 하여 말똥구리를 비웃지 않는 법일세.

자패(子珮)5_가 내 이야기를 듣고는 기뻐하며,

"말똥구슬이라는 말은 제 시에 어울리는 말이군요."

라고 하고는 마침내 그의 시집 이름을 '말똥구슬'이라 한 후 내게 그 서문을 부탁하였다. 나는 자패에게 이렇게 말했다.

"옛날 정령위(丁令威)6_가 학으로 화(化)하여 돌아왔으나 아무도 그를 알아보는 이가 없었으니, 이 어찌 비단옷을 입고 컴컴

---

5_ 자패(子珮): 유금(柳琴, 1741~1788)을 가리킨다.

6_ 정령위(丁令威): 중국의 전설에 나오는 인물이다. 원래 요동 사람인데, 영허산(靈虛山)에서 신선술을 닦아 학이 되어 고향 요동에 돌아와 화표주(華表柱: 무덤 앞에 세우는, 여덟 모로 깎은 한 쌍의 돌기둥)에 앉았으나, 마을 사람들이 그를 알아보지 못하고 활을 쏘려고 하자 슬피 울며 날아갔다고 한다.

한 밤길을 간 격이라 하지 않겠나? 또『태현경』(太玄經)이 후세에 널리 알려졌으나 정작 그 책을 쓴 양자운(揚子雲)[7]은 그것을 보지 못했으니 이 어찌 장님이 비단옷을 입은 격이라 하지 않겠나? 만약 그대의 시집을 보고 한쪽에서 여의주라고 여긴다면 이는 그대의 갖신만 본 것이요, 다른 한쪽에서 말똥구슬이라고 여긴다면 이는 그대의 목화만 본 것일 테지. 그러나 사람들이 알아보지 못한다고 해서 정령위의 깃털이 달라지는 건 아니며, 자기 책이 세상에 널리 알려진 걸 제 눈으로 보지 못한다고 해서 자운의『태현경』이 달라지는 건 아닐 테지. 여의주와 말똥구슬 중 어느 게 나은지는 청허선생께 물어볼 일이니 내가 무슨 말을 하겠나."

박지원

---

7_ 양자운(揚子雲): 양웅(揚雄, 기원전 53년~기원후 18년)을 말한다. 한대(漢代)의 저명한 문인으로 자운(子雲)은 그 자(字)다. 저서로『태현경』·『법언』등이 있다. 그는, 당대에는 비록 자기가 쓴 책의 진가를 알아보는 사람이 없을지라도 후대에는 반드시 알아보는 사람이 있으리라고 기대하며 책을 썼다고 한다.

# 여름밤

저녁 먹자 초승달 아까워[1]

사립문 닫고 더위에 누웠네.

하늘 맑으니 모기가 귓가를 지나고

별 흩어지니 거미가 처마로 내려오네.

박꽃은 하얗게 피고

국화잎은 점점 커지네.

이웃집 아이 달노래 부르는데

그 가락 어찌 그리 간드러진지.

———

罷飯惜初月, 掩扉臥夏炎. 天淸蚊過鬢, 星散蟢縣檐. 皎皎匏花綻, 垂垂菊葉沾.

隣童歌月白, 數曲亦纖纖.

———

1_ '초승달 아까워'라는 말이 묘하다.

# 소낙비

소낙비 굵기는 우박과 같고
사나운 바람은 말이 내닫는 듯하네.
하늘에선 가늘게 내리더니만
땅에 닿으면 무섭게 튀어오르네.
종일 비가 내릴 참인데
저녁까지 비 온다고 뭘 근심하나.
낙숫물 줄줄 처마에 떨어지니까
부엌여종 동이에 가득 찬 물 기뻐하누나.[1]

---

驟雨大如雹, 鬪風勢若奔. 墜空兼細瀄, 打地亦驚噴. 且識不終日, 何愁轉到昏.
檐霤奇湙是, 竈婢喜盈盆.

---

1_ 부엌여종 동이에 가득 찬 물 기뻐하누나: 당시 동이에 낙숫물을 받아 식수로 사용했
기에 한 말이다.

# 비가 개자 윤삼소(尹三疎)¹ 집을 방문했는데 그 도중에 짓다

푸른 하늘 장마비 갠 것이 기뻐

틈이 날 때 다시 서곽생(西郭生)²을 찾네.

큰길 나서자 윙윙 바람이 부는데

사방의 먼 산 바라보니 구름이 환하네.

한세상 같이 살며 얼굴 마주치니

길 가득한 행인들 형제 같으네.³

산기슭 소나무 어둑하고 서쪽 궁궐 깊숙한데

버드나무 그늘 짙고 어구(御溝)의 물이 평평하네.⁴

---

靑天正喜遲霖晴, 暇日還尋西郭生. 纔出通衢風拂拂, 四望遠峀雲明明.

共生一世經顏面, 滿道行人覺弟兄. 松暗翠微西闕邃, 柳陰亭午御溝平.

---

1_ 윤삼소(尹三疎): 윤가기(尹可基, 1745~1801)를 가리킨다. 자(字)는 '증약'(曾若)이
고, '삼소'(三疎)는 그 호다. 훗날 단성현감을 지냈다. 유금과 윤가기는 절친한 벗 사
이다. 윤가기는 박제가와 사돈 사이였고(윤가기의 아들 후진厚鎭이 박제가의 사위
였음), 유득공과도 사돈 사이였다(유득공의 장남 본학本學이 윤가기의 사위였음).
이들은 모두 서얼 출신이다.
2_ 서곽생(西郭生): 윤가기의 또다른 호(號)다.
3_ 한세상~같으네: 이 두 구절은 몹시 그윽하고 성찰적이며, 삶과 세계에 대한 이 시
인의 태도와 정신의 깊이를 살짝 엿보게 해 준다. 조선 시대의 그 많은 시인들 중 이
런 말을 한 사람은 유금 말고는 없다.
4_ 어구(御溝)의 물이 평평하네: '어구'란 궁궐의 도랑을 말한다. 비가 그쳐 도랑물이 고
르게 흐르는 것을 말한다.

**21**

# 답답한 마음을 풀다

이럭저럭 무더위 다 지나가고
가만가만 가을 기운 생겨나누나.
석양에 붉은 놀 쫙 퍼져 있고
높은 버드나무에 쓰르라미 우네.
세상일에 탄식할 일 하 많아서
썩은 선비1_가 불평을 하네.
맑은 창랑(滄浪)2_은 어드메 있는지
거기서 내 갓끈 씻고 싶건만.

—

冉冉溽炎盡, 依依秋意生. 落暉紅靄散, 高柳獨蜩鳴. 世事多堪歎, 腐儒足不平.

滄浪何處在, 去欲振長纓.

---

1_ 썩은 선비: 시인 자신을 겸손하게 이른 말이다.
2_ 맑은 창랑(滄浪): 굴원의 「어부사」에, 창랑의 물이 맑으면 갓끈을 씻고 창랑의 물이
탁하면 발을 씻겠노라는 말이 나온다.

# 기축년<sup>1</sup>_ 중복(中伏) 때 벗들과 옥폭동(玉瀑洞)에 피서 가서 함께 읊다

해마다 삼청동<sup>2</sup>_에 한번 오는데
오늘은 옥폭(玉瀑)<sup>3</sup>_의 수원(水源)까지 왔네.
절벽 아래 작은 시내 깊은 곳에서
솔바람 부는 돌에 앉아 이야기 나누네.
긴 장마비 처음 개어 빨래하는 소리 요란하고
중천의 해에 나뭇잎들 번득이누나.
옛사람이 바위에 새긴 글 살펴봤더니
풍상에 닳아 겨우 반만 남아 있고녀.

---

每年一入三淸門, 今日窮尋玉瀑根. 斷岸細柳深坐坐, 松風石榻靜言言.

遲霖初歇漂聲亂, 白日當中樹葉飜. 請看古人嵓刻字, 而今剝落半纔存.

---

1_ 기축년: 1769년, 유금이 29세 때다.
2_ 삼청동: 서울의 백악(白嶽) 아래 삼청동을 말한다. 당시 꽃, 나무, 물이 아름다운 서
   울의 명승지였다.
3_ 옥폭(玉瀑): 삼청동의 폭포 이름.

# 읍청정(挹淸亭)1_

어른 여섯 사람에다 따르는 아이 셋
복날 백련봉2_ 아래 정자에 모였군.
맑은 샘에 발 씻고 시도 읊조리고
쌀밥으로 점심 하며 술도 마시네.
팥배나무 아래 난간은 작은 우물 임해 있고
소나무 사이 지는 해는 빈 못을 지나네.
생각하니 지난해 여기 올랐을 때
술에 취해 제가(齊家)3_가 붓 막 휘둘렀지.

—

冠者六人童者三, 庚炎高閣白蓮南. 淸泉濯足詩兼詠, 白飯點心栖共含.

棠下曲欄臨小井, 松間落照度空潭. 飜思去歲登臨日, 家也揮毫正半酣.

---

1_ 읍청정(挹淸亭): 서울의 삼청동에 있던 정자다.
2_ 백련봉: 삼청동에 있는 작은 봉우리.
3_ 제가(齊家): 박제가를 가리킨다.

24

## 기축년 중복(中伏) 때 읍청정(挹淸亭)에 피서 갔는데 크게 바람이 불고 뇌성을 동반한 비가 쏟아져 산의 폭포수가 굉장하였다

더위 식히러 길을 가니 먼저 지치네
복날이라 날이 하도 푹푹 찌니까.
높은 누각에서 폭포를 내려다보며
해질녘에 벗들과 시를 읊누나.
빠른 바람 일만 그루 소나무 건드리고
시커먼 구름 사방에 온통 일어난다.
흙탕물 골짝에 콸콸 내려와
삽시간에 시냇물 크게 불었네.
분을 내서 달리니 꼭 돌이 구르는 것 같아
바윗돌들 모가 다 사라졌어라.
난간에 시뻘건 번개 번쩍번쩍하니
마치 숯불이 피어오르는 것 같군.[1]
원기(元氣)[2]가 시키니 어쩔 수 없어
머물려 하다 그만 도로 무너지누나.[3]

---

[1] 마치 숯불이 피어오르는 것 같군: 원문에 '번개가 치는 것이 마치 숯불 같다'라는 세주(細注)가 달려 있다.
[2] 원기(元氣): 우주의 근본이 되는 기운을 뜻한다.
[3] 머물려 하다 그만 도로 무너지누나: 원문에 '폭포를 말한다'라는 세주가 달려 있다. 물이 소(沼)에 모여 있다가 폭포가 되어 쏟아지는 것을 이른 말이다.

귀에 들리는 천둥소리

우르르 쾅쾅 산을 깨뜨리네.

산도깨비 모두 숨어 버리고

소나무만 휘익휘익 소리를 내네.

회오리바람에 먹과 벼루 어지럽고

불안해 시상(詩想)도 맺히지 않네.

일생의 장관(壯觀)을 예서 봤거늘

사람들은 왜 그리 불안해 하는지.

내 들으니 곤륜산4_엔

황토빛 파도가 산골짝에 솟구친다 하네.

장건(張騫)이 죽은 지 이미 오래니

누구에게 우열을 물어볼꺼나.5_

---

投涼行先勞, 伏日甚鬱蒸. 高閣俯山瀑, 落景詠諸朋. 疾飆鼓萬松, 玄雲四倪興.
赤波湊一壑, 片時奔湍增. 憤迫轉如石, 谷嵌盡失稜. 紫電忽生櫃, 炭火閃飛騰.
元氣之所驅, 欲屯乃還崩. 霹靂已過耳, 一聲破山陵. 山鬼盡遁伏, 蕭蕭松鬣鬅.
倏颯研墨亂, 詩思愁不凝. 吾生一壯觀, 諸子皆兢兢. 我聞崑崙嶽, 黃濤湧峻嶒.
張生死已久, 雄雌不可憑.

---

4_ 곤륜산: 중국의 서쪽 변방에 있는 산으로 황하가 여기서 발원한다고 한다.

5_ 장건(張騫)이~물어볼꺼나: 원문에 '장건이 이미 죽었으니 황하와 이 폭포수를 비
교해 어느 것이 낫고 어느 것이 못한지를 물어볼 수가 없다'라는 세주가 달려 있다.
장건은 한(漢)나라 때 인물로, 황하의 발원지를 지나 서역(西域)까지 갔었다고 한다.

# 압구정

두물[1] 경치 우리나라에 으뜸이라면
압구정[2]은 오강(五江) 중에 최고고말고.[3]
초록빛 들과 긴 숲에 안개 아득하고
푸른 물결 비치는 석양엔 돛단배 몇 척.
사방의 산수(山水) 난간을 에워쌌지만
백 년 풍우에 창이 성치 못하네.
당시 부귀 누리던 이 흔적도 없고
정자에 오른 나그네의 발소리만 들려라.

---

豆湖勝景冠吾邦, 上黨高亭壓五江. 綠野長林煙漠漠, 蒼波斜照帆雙雙.

水山四面縈回檻, 風雨百年剝落窓. 當時富貴人無跡, 今日登臨客自跫.

---

1_ 두물: 이강(二江), 이호(二湖), 두호(豆湖), 동호(東湖)라고도 한다. '이강', '이호',
  '두호'는 모두 우리말로 '두물'이다. '이'(二)를 훈(訓)으로 읽으면 '두'가 된다. 중랑
  천과 한강이 만나는 일대를 이르며, 지금의 동호대교 부근이다.
2_ 압구정: 조선 초기에 한명회(韓明澮, 1415~1487)가 한강 가에 세운 정자. 원문의
  '상당'(上黨)은, 한명회가 상당부원군(上黨府院君)이었기에 한 말.
3_ 압구정은 오강(五江) 중에 최고고말고: 오강(五江)의 정자 중 압구정이 최고라는 말.
  '오강'은 한양성 근처를 흐르던 한강의 다섯 군데 나루가 있던 용산·마포·현호(玄
  湖)·서강·한강(지금의 한남대교 부근)을 일컫던 말.

# 독서당1_

학사당(學士堂)2_ 허물어져
동호(東湖)의 옛일 잊혀져 버렸네.
영허계(映虛溪)3_엔 물소리 졸졸 들리고
햇빛 받아 주춧돌 반짝반짝 빛나네.
빼어난 이 경치에 주인은 없지만
독서하는 사람은 왜 없으랴.
폐허가 된 정자 홀로 좋아하노라
학사들 부지런히 공부했으니.

—

學士堂頹廢, 江湖古事淪. 映虛溪淺淺, 曬日礎磷磷. 勝地還無主, 讀書豈乏人.
空亭私自愛, 卿相勤修身.

---

1_ 독서당: 조선 시대에 나라에서 젊은 문신(文臣)들에게 휴가를 주어 독서하게 한 집
　을 이르는 말이다. 중종 때에 지금의 옥수동 동호(東湖) 부근에 독서당을 두었으나
　임진왜란 때 소실되었으며, 광해군이 다시 설치했으나 병자호란 때 아주 없어졌다.
　동호 부근에 있다고 해서 '호당'(湖堂)이라고도 불렸다.
2_ 학사당(學士堂): 독서당의 별칭.
3_ 영허계(映虛溪): 독서당 주위의 시내 이름.

# 비 갠 날 강가 정자에서의 흥취

송자정(宋子亭)1_ 앞 가을물 넘실거리고
물가에는 땔감 실은 배들 정박해 있네.
맑은 하늘에는 먼 산이 파랗게 나오고
해에 비쳐 뜬구름이 하얗게 높네.
섬 속 나무 아득하여 천상(天上)에 있는 듯
강가의 닭 어슴푸레해 꿈에서 우는 듯.
오활한 선비2_ 산수 본디 좋아하여서
푸른 물결 바라보며 씩씩한 마음 갖네.

—

宋子亭前秋水浴, 沙汀撲撲泊柴艘. 晴空遠岫靑靑出, 暎日浮雲澹澹高.

島樹杳如天上立, 江鷄怳似夢中號. 迂儒素有湖山癖, 憑目蒼波襟一豪.

1_ 송자정(宋子亭): 지금의 옥수동 두물 부근의 언덕에 있던 정자 이름이다. '송자정'이
라는 정자 이름 중의 '송자'(宋子)란 송시열을 가리키는 것으로 보인다.
2_ 오활한 선비: 시인 자신을 겸손하게 이른 말이다.

# 강가 누각에서 밤에 자다

## 1

높은 누각에서 연일 머물며
큰 강가에서 이틀을 자네.
아스라한 섬을 보고 개가 짖는데
적막한 배에서 등불을 켜네.
집 떠난 지 이미 며칠이라서
먼 나그네는 수심이 많아라.
고요히 누우니 벌레 우는 소리 들려
문득 내 집의 가을 같아라.[1]

---

留連高閣上, 信宿大江頭. 犬吠蒼茫島, 燈明寂寞舟. 離家能幾日, 遠客已多愁.

靜臥聞蟲語, 忽如我屋秋.

---

1_ 고요히~같아라: 이 마지막 두 구절은 여운이 깊어 참 좋다.

## 2

저문 강 평온한 게 거울 같아서
별들이 어지러이 물에 비치네.
강가 집에서 불빛이 새어 나와서
뱃사람들 밤에도 떠들썩하네.
섬 구름은 나무 끝에 나즈막하고
가을물에 모래가 푹 잠겼네.
오늘밤 꿈 몹시 상쾌할 테니
고향땅 굳이 맴돌 것 없겠네.

—

暮江平似鏡, 錯落衆星昏. 厓屋燈相照, 舟人夜亦喧. 島雲低木末, 秋水沒沙根.
爽塏今宵夢, 何須繞故園.

# 두물에서 물고기 잡는 것을 보다

고깃배 맹렬히 노를 저어서

푸른 물결 위 쏜살같이 가네.

고기를 좇아 두물에 오르니[1]

강심(江心)의 저녁 빛 깨끗도 하네.

송자정(宋子亭)에서 바라보다가[2]

소리쳐 불러 저리로 가자고 하네.

어부는 시키는 대로 물결 저어 가

강 가운데다 그물을 치네.

배에서 내려 함께 그물 당기다

여울이 깊어 옷을 벗누나.

물은 탁하고[3] 그물 무거운데

보는 이들 고기 많기를 저마다 바라네.

강가의 나무들 어슴푸레하고[4]

강언덕에는 사립문 삐뚜름하네.

물가에는 배들이 옹기종기 있고

땔나무 시장[5]엔 사람이 몇 없어라.

허공에 솟구치며 흰 물결 치자

---

1_ 고기를 좇아 두물에 오르니: 이 고깃배는 한강을 거슬러 올라와 두물에 이르렀다.

2_ 송자정(宋子亭)에서 바라보다가: 시인이 송자정에서 고깃배를 바라보고 있었다는
말.

3_ 물은 탁하고: 그물을 끌어올리는 바람에 강물이 일시 혼탁해져서일 것이다.

4_ 강가의 나무들 어슴푸레하고: 저녁이라서 그렇다.

5_ 땔나무 시장: 당시 두물의 강언덕에 땔나무 시장이 있었던 모양이다.

용감한 물고기 그만 줄행랑치네.
얼마나 잡았는지 알 순 없지만
떠들어 대다 보니 기갈도 잊었네.
모래펄에서 팔딱팔딱 뛰며
햇빛에 비쳐 반짝반짝 빛이 나누나.
배에 싣다 혹 놓쳐 버릴라
눈깔 빨갛고 덩치는 무지 크누나.
손가락으로 슬쩍 비늘 건드리니
꿈틀하며 입으로 거품을 뿜네.
어부가 나서며 치하하기를
"이처럼 많이 잡은 건 드문 일입죠.
한 번에 열한 마리를 잡은데다가
숭어가 몹시 크고 살지니까요.
아침에 아랫여울에 그물을 던졌는데
몇 마리 못 잡아 속상했습죠."[6]

---

魚舟揚十柁, 蒼波去若飛. 逐魚上豆湖, 江心淨晚暉. 宋子高亭望, 招招復指揮.
聽命蕩流去, 泛泛水中圍. 下船共挽綱, 灘深復脫衣. 水濁綱罟重, 觀者各自希.
江樹立茫蒼, 江岸仄柴扉. 參差汀洲槳, 柴市人微微. 閃空波鱗白, 勇者已逃歸.

---

6_ 이처럼~속상했습죠: 어부의 이 말은, 유금이 지시한 곳에 가 그물을 던진 결과 고
기를 많이 잡을 수 있었던 데 대해 감사하는 말이다.

末知魚多少, 喧嚻忘渴饑. 衆鱗活淺沙, 曜日生光輝. 載艇恐遺失, 眼赤身頗頗.

我脂刮其鱗, 蠢然且噓唏. 漁父前致賀, 今日獵所稀. 一擧得十一, 秀魚巨且肥.

今朝綱下灘, 其魚鮮則罹.

# 아내에게

옛날의 여군자(女君子)를 어긴 적 없건만
지금의 내 아내는 몸이 아파라.1_
한집에서 서로서로 병 걱정하고2_
8년을 가난하게 함께 살았네.
양홍(梁鴻) 처는 가시나무로 비녀를 삼고3_
극결(郤缺) 처는 손님 대하듯 밥을 올렸지.4_
부녀의 도리 잘 따르는 이는
자손이 번성하는 복 누리고말고.5_

—

無違古女子, 有疾今夫人. 一室相憐病, 八年共食貧. 梁妻荊作飾, 郤婦饁如賓.

坤道順承者, 兹斯乃可詵.

1_ 옛날의~아파라: 나의 아내는 옛날의 훌륭한 여자들을 본받아 그 행실이 훌륭하지
만, 몸이 아프다는 뜻.
2_ 한집에서 서로서로 병 걱정하고: 이 구절은 참 좋다. 가난하고 병약한 부부의 서로
를 아끼는 마음이 느껴진다.
3_ 양홍(梁鴻)~삼고: 양홍의 처 맹강(孟姜)은 얼굴은 박색이나 몹시 지혜롭고 검소하
여 남편인 양홍이 스승처럼 받들었다.
4_ 극결(郤缺)~올렸지: 극결은 춘추 시대 진(晉)나라 사람인데, 농사를 짓고 살면서도
부부가 서로 존경하여 마치 손님을 대하듯 예(禮)를 다했다고 한다. 극결은 훗날 진
나라 대부로 기용되었다.
5_ 이 시는 부인에게 바친 시다.

35

# 장마

구름 잔뜩 끼고 비 줄줄 내려
6, 7월 이래 별 구경 못했네.
곰팡이 핀 거문고 줄 꺼끌꺼끌하고
초가 지붕에 벼가 자라 잎이 파릇파릇하네.[1]
들으니 강물 불어 넘친다는데
다시 보니 마당에 샘물이 솟네.
가난하니 풍년 들기만 바라
권농관(勸農官)[2] 만나면 매번 농사일 묻네.

———

陰雲漠漠雨溟溟, 六七月來不見星. 釀食床琴絃澁澁, 禾生茆屋葉青青.

傳聞江水連平陸, 更看泉流湧小庭. 只爲家貧希歲稔, 每逢田使問農形.

———

**1_** 초가 지붕에 벼가 자라 잎이 파릇파릇하네: 지붕을 덮은 짚에 남아 있던 볍씨가 장
마비에 싹이 터서 자란다는 말.
**2_** 권농관(勸農官): 향반(鄉班)이나 중인 계층이 맡던 지방 관직의 하나로, 가뭄과 장마
에 대비하는 일을 하거나 백성에게 농사일을 독려하는 일을 하였다.

# 7월 14일 밤

큰비 뒤에 밝은 달 보니
오래 못 만난 벗을 만난 듯.
쓸쓸히 사방의 하늘을 보니
달빛이 환하게 허공을 비추네.
벌레는 곳곳에서 찍찍찍 울고
담 모롱이에는 서늘함이 가득하여라.
방을 내고1_ 뜨락에 못을 만들어
물 채우니 올챙이 생겨났어라.
이슬 젖은 꽃에 거미줄 있어
큰 거미가 노인처럼 잠을 자누나.2_
맑은 날씨 다시 돌아오니까
아내가 참외3_를 보냈군그래.

———

潦後見明月, 如逢久別友. 怊悵四望空, 納納無所有. 蟲鳴不知處, 涼陰滿墻右.
築室穿庭臍, 儲水生蝌斗. 露華繼蛛絲, 巨蛛眠如叟. 更得清涼具, 細君送貍首.

1_ 방을 내고: 집에다 방을 새로 낸다는 말.
2_ 큰 거미가~자누나: 이 구절은 참 묘하다.
3_ 참외: 원문의 '이수'(貍首)는 참외를 뜻한다.

# 반지(盤池)1 에서 연꽃을 감상하다

## 1

흰 꽃과 뭇 잎사귀 공중에 솟아
고요한 바람에 그윽한 향기 전하네.
들으니 옛적에 이판부(李判府)2 라는 이
전당(錢塘)3 의 연씨 이 못에다 심었다지 아마.

素花田葉迥抽空, 暗暗香傳寂寂風. 聞說當時李判府, 錢塘蓮子投池中.

## 2

버드나무 옆 갈대 울에 오얏나무 기울었고
월왕암(越王巖)4 바위 위엔 석양이 비치네.
저 어옹(漁翁) 낚시 매만져 깊은 물에 던지는데

---

1_ 반지(盤池): 조선 시대에 모화루(慕華樓) 부근에 있던 연못. 서대문 밖에 있다고 해서 '서지'(西池)라고도 불렸다. 당시 서울 근교에서 제일 큰 연못으로, 연꽃을 감상하기 위해 많은 명사(名士)들이 이곳을 찾았다.
2_ 이판부(李判府): 판부(判府)는 종1품 벼슬인 판중추부사(判中樞府事)의 준말이다. '이판부'는 판부 벼슬을 한 이씨 성의 인물을 가리키는데, 누군지는 미상이다. 아마도 이판부가 중국에서 연씨를 얻어 와 이 못에다 심었다는 전설이 있었던 모양이다.
3_ 전당(錢塘): 중국 절강성 항주(杭州)를 가리킨다. 예부터 연꽃이 많았다.

연(蓮) 줄기에 잘못 걸려 당겨도 오질 않네.

—

倚柳兼籬李半頹, 越王岩上夕陽回. 漁翁理釣擲深水, 誤罥蓮莖收不來.

---

4_ 월왕암(越王巖): 반지 부근의 바위 이름인 듯하다. 월나라의 수도가 항주였으므로,
  '월왕암'이라는 말은 이 시 제1수의 '전당'이라는 말과 서로 호응된다.

# 어떤 사람의 부채 그림에 적다

짚신 신고 어제 두물에 나갔더니
압구정 앞에 만경창파(萬頃蒼波) 흐르데.
섬의 버드나무, 물가의 꽃, 모두 그림 같은데
고기잡이 배 다문다문 떠 있데.

—

芒鞋昨出二江頭, 上黨亭前萬頃流. 島柳汀花皆似畵, 時時泛泛打魚舟.

# 한번 웃노라

그렇고 그런 30년 인생[1]
부귀와는 담을 쌓았네.
밤비에 수심이 쌓이고
추풍(秋風)에 감개가 많아라.
사람들 모두 이리 악착스러우니
세상 보고 한 번 웃노라.
농사지을 땅이나 조금 있으면
밭 갈며 자유롭게 살아갈 텐데.

---

等閒三十歲, 富貴末如何. 夜雨牢騷集, 秋風感慨多. 人心皆齪齪, 世事一呵呵.

願得桑麻土, 耕雲任嘯歌.

1_ 그렇고 그런 30년 인생: 이 구절로 보아 이 시는 유금이 30세 때인 1770년에 쓴 시로
보인다.

# 송중서(宋仲瑞)[1] 집에서
# 조후계(趙后溪)[2]의 시에 차운하여
# 윤문서에게 주다

나무꾼으로 살아도 그만인 인생이어니

어제 동성(東城)[3]에 올라 두물을 바라보았지.

환한 살구꽃 봉오리 모두 옥구슬 같아

연옥(連玉)이라는 내 이름 양보해야겠데.[4]

남산에 봄 오니 마음이 꽃다워지고

과거(科擧) 단념하고 귀향하니 꿈이 어수선하네.[5]

오늘 아침 뜨락에 매나무[6] 심었으니

이제부터 한평생 너와 함께하리.[7]

---

生涯不妨付樵蘇, 昨上東城望豆湖. 杏蕾皎然同瑟瑟, 詘名連也讓夫夫.

南山春入心中艶, 擧子功歸睡裏蕉. 庭角今朝梅梢揷, 百年緣業此與俱.

---

1_ 송중서(宋仲瑞): 누군지 미상.

2_ 조후계(趙后溪): 누군지 미상.

3_ 동성(東城): 서울의 동쪽 성(城)을 말한다.

4_ 연옥(連玉)이라는 내 이름 양보해야겠데: 유금의 처음 이름은 유연(柳璉)이고, 처음
자(字)는 연옥(連玉)이다. 복사꽃 봉오리들이 옥구슬이 연달아 늘어서 있는 것처럼
보여 자신의 자인 '연옥'(연이어 있는 옥이라는 뜻)을 복사꽃 봉오리들에게 양보해
야겠더라는 말. 장난삼아 한 말이다.

5_ 과거(科擧) 단념하고 귀향하니 꿈이 어수선하네: 이 시는 과거(科擧)를 단념하고 귀
향하는 윤문서를 위로하기 위해 지은 것으로 보인다.

6_ 매나무: 예전에는 매화나무를 '매나무'라고 했다.

7_ 이제부터 한평생 너와 함께하리: 야인(野人)으로서 매나무와 평생 함께하겠다는 말.
이 말은 시인 자신을 향한 말이기도 하고 윤문서를 향한 말이기도 하다.

# 윤문서(尹文瑞)에게 주다

이름 들은 지 오래되지만
직접 만난 건 지금이 처음.
젊다고 어찌 농담 즐기리
종일 삼가고 근신하는군.
꾸밈을 버리고 소박(素朴)에 돌아가
말은 적어도 그 깊이 헤아릴 수 없네.
만난 지금 살구꽃 피려고 하니
술잔 들며 시문을 논해 볼까나.

—

聲譽聞疇昔, 容顔奉卽今. 少年寧喜謔, 終日肅如臨. 去飾還歸朴, 稀言莫測深.

逢場杏欲綻, 杯酒共論琳.

# 이여강(李汝剛)¹⁻이 오다

새집²⁻ 단장 아직 안 끝났는데
벗이 찾아와 시 짓자 하네.
그대의 은근한 마음 알거늘
가난을 핑계로 어이 거절하리.
서쪽 이웃집에서 종이를 얻어 와
창호(窓戶) 얼른 도배를 하고
나의 작은 소나무 분(盆)을
방 한구석에다 갖다 놓았네.
내겐 여종 달랑 하나 있는데
마침 어젯밤 해산하였지.
아픈 아내 살그머니³⁻ 부엌에 들어가
밥하는 것 객이 알까 조바심 내네.
"반찬 안 좋다 나무라지 말고
날 위해 배불리 먹기 바라네.
많이 먹으면 주인이 기쁘고
적게 먹으면 주인이 부끄러우니.
괴상하네 그대가 집을 떠나와

1_ 이여강(李汝剛): 이응정(李應鼎)을 가리킨다. 여강은 그의 자(字)고, 호는 취현(醉玄)이다. 역시 서얼 출신이다. 유금·유득공·이덕무·서상수 등과 친교가 있었으며, 훗날 서상수의 아들 서유년(徐有年, 호 가운稼雲)의 딸을 며느리로 맞았다. 탑골 공원 북쪽 유금의 집 가까이에 집이 있었으며, 가세(家勢)가 넉넉하였다. 이덕무가 자신의 집 바깥채(여덟 기둥의 초옥草屋인 이 바깥채 이름이 바로 청장관靑莊館이다)를 지을 때 서상수와 함께 물질적 도움을 준 바 있다. 이덕무의 『아정유고』(雅亭遺稿)에 보면 1767년에 박지원·서상수·윤가기·유금·유득공·박제가, 이응정이 함께 모여 통소를 소재로 지은 연구(聯句: 돌아가며 각기 시구를 읊어 완성한 시)가 수록

스스로 이렇게 고생하는 게.
그대여 문자(文字)⁴를 알고자 할진댄
젊은 시절 헛되이 보내지 말게나."

—

新堂尙艸創, 故友請做詩. 知君辛勤意, 不敢以貧辭. 西隣得紙來, 牖戶亟塗之.

移我小松盆, 出置房一隈. 主家有單婢, 昨夜忽生兒. 病妻潛入廚, 周旋恐客知.

勿謂飯饌惡, 爲我且飽爲. 多食主喜悅, 小食主忸怩. 怪君離君居, 辛苦自如斯.

願君欲識字, 莫失少年時.

되어 있어 이들의 교유 관계를 확인할 수 있다.

2_ 새집: 새로 낸 방을 말할 터이다.

3_ 살그머니: 객이 알고 미안해 할까 봐 살그머니 부엌에 들어간 것이다. 예전 사람의
마음 씀씀이가 이러하다.

4_ 문자(文字): 문장을 말한다.

# 여강이 가다

객(客) 접대할 물건 통 없어도
객이 집에 머무는 걸 좋아한다네.
그대는 부잣집 출신
푸성귀 먹은 적 없을 터인데
새 방에는 제대로 불도 못 때어
벽에는 습기가 축축하여라.
병풍과 안석(案席)에 곰팡이 피고
자리 밑에는 개미가 가득.
7, 8월 긴 장마에
토하고 설사한 것 온 방에 천지.[1]
그대가 온 지 겨우 엿샌데
나는 병으로 누운 게 사나흘일세.
기쁨을 나눈 날 며칠이런가
수창(酬唱)한 시도 몇 편 안 되네.
객이 병에 걸릴까 봐 마음 쓰이거늘
주인의 병 따위야 뭐 중요하리.
온 사람도 편히 대접 못하는 주제에

---

1_ 7, 8월~천지: 아마 장마철이라 이질(痢疾) 같은 소화기 계통의 질병에 걸린 듯하다.

가려는 사람을 어찌 말리리.

촛불 켜고 서로 마주 앉으니

귀또리 우는 이 밤 서글프구나.

그 옛날 내가 그대 집 갔을 때

나에게 유리 술잔 선물한 적 있지.

그대여 이 술잔에 가득 마시게

그대 마시면 나도 따라 마실 터이니.<sup>2</sup>

—

家無供客具, 性喜客來舍. 況君膏粱兒, 咬菜不得也. 新堂未勤熱, 四壁淫氣灑.

苔醭生屛几, 螳子滿席下. 遲霖七八月, 滿室皆吐瀉. 君來纔六日, 吾病數日臥.

歡娛能幾日, 詠詩亦甚寡. 惟恐客有疾, 主病云復奈. 不能安來者, 焉能留去者.

秉燭相對坐, 惆悵蟋蟀夜. 昔我之君家, 贈我琉璃斝. 請君滿酌飮, 君飮我當把.

2_ 그대 마시면 나도 따라 마실 터이니: 병중(病中)임에도 불구하고 떠나는 벗을 위해
   술을 대작(對酌)하겠다는 말.

# 돌아가는 여강을 전송하다

내일 아침 그대와 이별하려니
오늘 밤 기쁜 마음 되기 어렵네.
갠 밤에 거미는 고요하지만
깊은 가을 귀또리 울음 시끄러워라.
젊으니 밖에서 곧잘 머무나
생일 되니 집엣밥 생각케 되네.[1]
부끄러워라 너무 가난해
벗 찾아오면 맘이 불안해지니.

---

明朝將送子, 今夕難爲歡. 霽夜蜘蛛靜, 高秋蟋蟀闌. 少年能旅宿, 生日憶歸餐.

所愧家貧甚, 朋來自不安.

---

1_ 생일 되니 집엣밥 생각케 되네: 이여강에 대해 한 말. 이여강이 돌아가고자 한 날은
아마 그의 생일날이었던 듯하다.

# 고향으로 돌아가는
# 윤수재(尹秀才)¹를 전송하다

나의 본성 약하고 고요하여서

안존한 아이를 좋아한다오.

총각으로 서울서 객살이하여²

그 동쪽 이웃에 내가 살았지.

그대 부형(父兄) 누군지 안 물어봤고

다만 그대의 과시(科詩)³만 봤지.

다정한 이야기 나누진 못해도

수시로 서로 만나곤 했지.

가을 바람 얇은 옷에 부니

책을 덮고 문득 귀향을 생각네.

인생이란 부평초 같은 것

그대를 만나자 또 이별하네.

혹 내가 남쪽에 간다 하여도

그대 사는 곳 내 어찌 알며

혹 그대 나중에 서울에 와도

내가 먼 데로 이사했을지 어찌 알겠나.

---

1_ 윤수재(尹秀才): 앞에 나온 윤문서를 가리킨다. '수재'(秀才)는 유생(儒生) 혹은 선
   비를 일컫는 말.
2_ 총각으로 서울서 객살이하여: 윤수재가 아직 결혼하지 않은 총각으로 지방에서 서
   울에 올라와 있기에 한 말이다.
3_ 과시(科詩): 과거(科擧)를 볼 때 짓는 시. 정해진 격식에 따라 짓게 되어 있다.

훗날 혼인해 갓 쓰고 다니면[4]
길에서 만나도 못 알아보겠지.
아무쪼록 고향에 잘 돌아가
글공부에 진력하게나.

—

我性本沮蕭, 心愛安靜兒. 總角客京城, 東鄰我居之. 不問君父兄, 但看君科詩.

雖無殷勤話, 相逢亦無時. 秋風吹絺衣, 掩卷忽歸思. 人生信如萍, 逢君又別離.

倘我有南行, 君居我不知. 倘君後入京, 恐我家遠移. 他時已突弁, 路逢易失遺.

但願君歸鄕, 勞力進文詞.

---

4_ 훗날 혼인해 갓 쓰고 다니면: 원문의 '돌변'(突弁)은 『시경』에 나오는 말로, 얼마 못
본 새에 총각이 관(冠)을 쓴 성인이 되었다는 뜻이다.

# 가을밤

온갖 풀에 서리 내리고
나뭇잎 시들어 지려고 하네.
기러기도 이미 다 떠났고
귀또리 소리도 성글어졌네.
한밤중의 쓸쓸한 달
조금조금 뜨락을 비추며 지나네.
집에서 우울함 풀 수가 없어
문을 나서 멀리 가고자 하나
멀리 어디를 간단 말인가
배회하다 도로 문을 닫노라.[1]

---

嚴霜打百草, 木葉黃欲零. 旅鴈歸已盡, 蟋蟀亦零星. 淒淒中宵月, 寸寸過戶庭.

家居鬱無慰, 出門欲遠行. 遠行無所適, 彷徨戶還扃.

---

[1] 이 시는 시인의 자화상으로 읽을 수 있다. 조선은 서얼의 사회적·정치적 자기실현
을 철저히 봉쇄하였다. 이 시에는 서얼 출신인 시인의 고민과 우울함이 배어 있다.

## 어찌할꺼나

나는 병신도 아닌
멀쩡한 사내건만
수공업과 장사일 배우려 들면
선비들 모두 비루하게 여기네.
세 치 혀가 있긴 하지만
남들 비위를 맞추지 못하네.
비록 시서(詩書)를 읽긴 했어도
남달라서 속된 글은 짓지 못하네.
불의한 짓을 보면
혐오하는 마음 이루 말할 수 없네.
친지가 탐욕스런 일을 하여도
더러이 여기는 마음 감추지 못하네.
어진 야인(野人)¹⁻ 어디 있단 말을 들으면
혼자 가만히 좋아하누나.
친척들 나를 걱정하여서
이런 말 무익하다 말을 하지만
하늘이 준 나의 성격

---

1_ 야인(野人): 여기서 말하는 '야인'은 일반 백성일 수도 있고, 재야의 선비일 수도 있다.

후회한들 뭔 소용 있나.

차라리 늙은 농사꾼 되어

깊은 산 속에나 들어갔으면.

---

我無罷癃疾, 宛是一男子. 欲學工與商, 邦俗以爲恥. 亦有三寸舌, 不能悅人耳.

縱渠讀詩書, 崎嶇非俗字. 見得出不義, 慚惡如撻市. 親戚行貪吝, 外輪中心鄙.

野人云好仁, 聞之亦獨喜. 親戚悶我爲, 此言無益己. 天旣錫我性, 雖悔亦奈矣.

不如作老圃, 深入空山裏.

# 서쪽 교외로 가는 도중에

잠자리에서 밥 먹고 얼른 문 나서
계산(桂山)¹-을 향해 부지런히 가네.
이미 4, 5리는 걸은 것 같은데
늦가을 모습 참 쓸쓸하여라.
어둑하니 사교(四郊)²-는 툭 트였고
아스라이 먼 산이 에워쌌어라.
차가운 바람은 얼음 재촉하고
구름도 그다지 한가롭지 않네.
인생은 만사(萬事)에 분주하나니
풍진 세상 쫓아다닐 일 왜 그리 많은지.
강 모래에 나의 발 푹푹 빠지는데
배는 먼저 물가를 떠나네.
문득 깨닫네 몸이 피곤한 건
고생하며 왔다갔다 하는 데 있음을.

—

蓐食早出門, 行行向桂山. 已出三五里, 寥廓晚秋顔. 靄靄四郊闊, 陰陰繞遐巒.

---

1_ 계산(桂山): 지금의 인천시 계양구 계산동(桂山洞)을 가리키는 듯하다.
2_ 사교(四郊): 동서남북의 교외를 말한다.

寒風催水骨，浮雲亦不閒．人生奔萬事，行役足塵寰．江沙沒我足，舟楫先離灣．

旋知身疲困，苦辛去復還．

# 오리(梧里)[1]_의 저녁 흥치

늦가을은 큰 들에 다하고[2]
저녁 해는 뉘엿뉘엿 밭에 지누나.
나그네라 추운 밤을 걱정하게 되고
집 생각에 먼 하늘을 근심스레 보네.
깊은 골목은 나무 성글고
마을에선 흰 연기 하늘하늘 오르네.
들집에는 국화 아직 있으나
타향의 연꽃 이미 시들었고나.
한 마리 소는 외양간을 찾고
기러기는 떼 지어 찬물에 있네.
쓸쓸한 누군가의 무덤을
시냇물이 빙 둘러 북으로 흐르네.
귀향이 늦어짐을 슬피 여기나
주인 어질어 그나마 다행이고녀.
쉬면서 몸을 보양(保養)해야지
밥 잘 먹고 잠도 푹 자면서.

---

1_ 오리(梧里): 지금의 경기도 성남시 분당구에 '오리'(梧里)라는 지명이 있지만 그곳
   인지는 미상이다.
2_ 늦가을은 큰 들에 다하고: 이 구절은 정취와 여운이 있다.

一

晚秋輪大野, 暮日杳平田. 作客憂寒夕, 思家悄遠天. 疎疎深巷樹, 淡淡一邨煙.

野屋猶香菊, 他鄉已委蓮. 獨牛尋暝屋, 隊雁集寒淵. 蕭瑟誰家塚, 縈回北走川.

自憐歸日晚, 猶喜主人賢. 休息惟吾所, 加餐且一眠.

# 강고개1_를 넘으며

## 1

9월이라 호젓한 산중(山中)에
패랭이꽃 길가에 피었어라.
무심히 한 송이 꺾어
손에 들고 길을 가노라.2_

—

空山九月中, 石竹開蹊右. 無心折一花, 行行且在手.

## 2

맑은 물 속 모래가 희고
가지런한 풀에 저녁 햇빛 선명하여라.
산길에는 인적이 뚝 끊어져
나뭇잎이 발자욱 소릴 내누나.

1_ 강고개: 경기도 고양시 원당에 이 이름의 고개가 있는데, 과연 그곳인지는 미상이
다.
2_ 시인의 시심이 잘 느껴지는 시다. 세상을 떠도는 외로운 사람만이 부를 수 있는 아
름다운 노래다. 시인의 눈을 빼앗은 이 작은 패랭이꽃과 같은 존재가 곧 '말똥구슬'
아니겠는가.

—

淥水纖沙白, 平莎晚日明. 山蹊行子絶, 木葉作跫聲.

## 3

걸어서 산골짝 다 지나고
한낮에 높은 고개 넘어가누나.
먼 들에 구름 그림자 아득도 하고
외딴 마을에 닭 우는 소리 고요하여라.

—

徒步窮山谷, 日中上崇嶺. 逈野雲影漠, 孤邨鷄聲靜.

# 밤에 범박골1_에서 자다

객지에 있으니 돌아가고픈데

마을의 첩첩한 산 어둑하여라.

밤에 앉은 타향의 나그네

하늘가 익숙한 별을 보누나.

얇은 옷에 찬바람 불어 서글퍼지는데

폐(肺)를 앓아 비릿한 내음이 들에서 나누나.

울적해져 거처로 돌아와

술에 취했다 깼다가 하네.

마을의 어둠은 갈수록 깊고

가을 나무는 더욱 높아 보이네.2_

들을 흐르는 물에는 하늘빛 희고

처마의 등불에는 밤기운이 맑아라.

가을벌레 소리에 남은 밤 헤아리는데

차가운 물방아 소리 적막 속에 들려오네.

집안 일들 어슴푸레히

비쩍 마른 나그네 눈에 떠오르누나.

뜨락의 오동잎 이미 졌건만

---

1_ 범박골: 지금의 경기도 부천시 소사구 범박동에 해당한다. 조선 시대에는 부평에 속
   했다.
2_ 마을의 어둠은~높아 보이네: 이 두 구절은 어두우면서도 참 맑다.

섬돌의 국화는 아직 향기롭네.
세상일엔 계륵(鷄肋)[3]이 많거늘
돌아가면 이 마음 편해지겠지.

—

淹留歸去思, 合沓巷邱瞑. 夜坐它鄉客, 天垂慣看星. 薄衣霜颷愴, 病肺野供腥.
鬱悒從居處, 尋常耐醉醒. 瞑邨逾撲撲, 秋木更亭亭. 野水天光白, 簷燈夜氣靑.
霜蟲殘更感, 寒碪寂猶聆. 荇蒼家中事, 槁枯客裏形. 庭梧今已落, 砌菊亦方馨.
世事多鷄肋, 歸來性靈穩.

---

3_ 계륵(鷄肋): '닭갈비'라는 뜻인데, 별로 소용은 없으나 버리기에는 아까운 것을 이
르는 말이다. 이 말은 유금이 객지에 나온 목적과 관련될 텐데, 정확히 무얼 가리키
는지는 알 수 없다.

# 나그네 잠자리

나그네 잠자리에 빈대가 많아
괴로워 도무지 잠 못 이루네.
춥다고 발바리 막 짖어 대고
벽에는 괭이가 왔다갔다 하네.
병풍에는 바람이 휙휙 들이치고
항아리 창문1_이라 달도 안 뵈네.
농부는 어찌나 고단했던지
코 고는 소리 우레와 같네.

—

客寢偏多蝎, 岑岑睡未成. 惡寒猧子嗷, 通壁猫兒行. 席障風猶透, 瓮窓月不明.

農夫應疲困, 鼾息輒雷聲

---

1_ 항아리 창문: 가난한 사람이 사는 집 창문을 '항아리 창문'이라고 한다. 빈한하여 깨
진 항아리로 창문을 했다는 뜻이다.

# 농가(農家)

지붕에는 서리 내렸고
높은 언덕 모롱이에 해가 오르네.
농부가 아침 일찍 일어나니까
머무는 나도 잠이 없어라.
풀 먹인 후 나무에다 소 매어 놓고
아이보고 산에 가 섶 하게 하네.
아침놀 아득히 골짝에 어리고
우거진 풀 수북이 길을 덮었네.
내외가 제각각 일하러 나가
인근 동네에서 서로를 부르네.
집 보는 사람 아무도 없어
닭과 개가 부엌을 드나드누나.

---

霜添高屋上, 日出嵩邱隅. 農父興常早, 客儂睡亦無. 飯牛維樹木, 敎子往樵蘇.

漠漠霞凝壑, 凄凄艸沒途. 夫妻還各出, 隣里復相呼. 虛室無人守, 鷄犬自入廚.

# 저녁에 숯고개1_에서 바라보며

외딴 마을 머무는 먼 나그네
저물녘 높은 산에 올라라.
바닷물 평평하여 해와 닿았고
시골 산(山) 어둑하니 가을 속에 있네.2_
농사일 조금 있으면 끝날 것 같군
가을걷이 칠분(七分)은 마쳤으니까.3_
술로 늘 낮을 보내네
시 써서 한 번 근심을 풀며.

—

孤邨澺遠客, 落日登嵩邱. 海水平連旭, 鄕山杳入秋. 農功非久訖, 野穡七分收.

斟白恒消晝, 題詩一破愁.

---

1_ 숯고개: 경기도 고양시의 탄현(炭峴: 숯고개)을 가리키는 것으로 추정된다.
2_ 시골 산 어둑하니 가을 속에 있네: 표현이 썩 묘하다.
3_ 농사일~마쳤으니까: 산에서 바라본 들의 풍경이 그렇다는 말이다.

# 벼베기 노래

발 아래 물은 찰랑거리고
손에 잡은 낫은 민첩하여라.
조금씩조금씩 허리 펴고 허리 굽히며
누에 뽕잎 먹듯 저마다 베어나가네.[1]
발 옮기면 물이 첨벙첨벙하고
밑동은 칼로 자른 듯 뾰족하여라.
거머리가 장딴지에 달라붙어서
손으로 떼니 검붉은 피가 흐르네.

---

活活脚底水, 秩秩把中鎌. 寸寸仰復俯, 各各食如蠶. 擧趾水盈盈, 拔刀柢尖尖.
水蛭吮人脛, 手摘流血黔.

---

1_ 누에 뽕잎 먹듯 저마다 베어 나가네: 누에가 뽕잎을 야금야금 갉아먹는 것을 '잠식'
(蠶食)이라고 하는데, 사람들이 논의 벼를 베어 나가는 것이 마치 그 비슷하다는 말.
벼베기와 잠식을 연결시킨 상상력이 돋보인다.

# 가을비

무우밭 푸르고 소나무 울타리 가지런한데
빈 뜰의 작다란 풀들 닭꼬리처럼 나지막하네.
콩깍지 물에 불어 콩이 못 나오니 안쓰럽고[1]
제방에 널어둔 말린 볏짚단 애석하여라.
낫을 벽에 걸어두고 고요히 사립문 닫고서는
한가히 앉아서 덕석[2]을 짜네.
낮참은 한가한 내게 익숙치 않은데
일 없어도 배는 고파 오누나.

—

蘿葍田靑松籬齊, 虛庭瑣瑣鷄尾低. 縱憐荳殼潤不落, 尙惜曬秸布在隄.

長鎌掛壁靜掩扉, 暇日且坐作牛衣. 午食不爲聞儂熟, 無事亦覺腹胃飢.

---

1_ 콩깍지 물에 불어 콩이 못 나오니 안쓰럽고: 베어다 마당에 널어 둔 콩대의 콩깍지
가 빗물에 퉁퉁 불어 깍지 속의 콩이 나오지 못하는 것을 이른 말이다.
2_ 덕석: 추울 때 소의 등을 덮어 주는, 멍석처럼 만든 것.

# 아침 들

골짝에 안개 깊어 집 안 보이고
높은 언덕에 햇살이 비치네.
거미줄이 들풀 사이에 어지러이 있고
잠자리 날개에 이슬이 촉촉하여라.

---

一壑煙深不見屋, 高阜艷艷紅日脚. 蛛絲歷亂野草間, 白露凄凄蜻蜓翼.

# 부평(富平)의 윤사문(尹斯文)1_
# 벽상(壁上)의 시에 차운하다

하인들 방자한 짓 못하게 하며
체모 지키면서 시골서 늙어 가누나.2_
외진 곳 살아도 문자(文字)가 유여하거늘
농사일 시에 방해된다 누가 말했나.
오건(烏巾)3_은 창에 비스듬하고 가을이 깊은데
술독에 탁주 가득하고 국화꽃 향기롭네.
길게 휘파람 불며 속세의 일 모두 잊으니
옛적의 광인(狂人)4_인가 남들이 의심하겠네.

—

奴耕婢織戒橫强, 體貌居鄉鬢欲霜. 窮鏨我看文字足, 農家誰道誦吟妨.

烏巾倚戶秋方晚, 濁酒盈樽菊正香. 長嘯混忘塵世事, 今人倘識古之狂.

---

1_ 윤사문(尹斯文): 윤가기가 아닌가 한다. '사문'(斯文)은 선비를 가리키는 말.
2_ 윤사문이 그런다는 말.
3_ 오건(烏巾): 은자가 쓰는 검은 두건이다.
4_ 광인(狂人): 뜻이 너무 커 현실에 잘 용납되지 못하는 사람을 뜻한다. 공자는 영리하게 현실에 영합하는 사람이나 위선자보다는 광인이 낫다면서, 광인에 기대감을 표시한 바 있다.

# 부평에서 돌아와 윤삼소가
# 내포(內浦)로 떠났다는 말을 듣고

손빼미만한 내 밭
멀리 부평[1]에 있지.
가난하다 보니 종도 없어서
매년 한 번 걸어서 갔다 오누나.[2]
이번 가을 우박이 심하게 내려
그 알갱이 여기저기 남아 있어라.
이웃 농가에서 황소 빌리고
하인도 내처 고용했었지.
새벽닭 울 때 돌아올 참이라
선잠 자니 자꾸 잠이 깨는군.
게다가 들으니 마을 아이가
어제 밤길에 호랑이를 만났다누만.
컴컴할 때 높은 고개 넘노라니까
나무들 어둠 속에 웅크려 있네.
짐짓 횃불을 환히 밝히고
헛기침하지만 맘은 몹시 무섭네.

---

1_ 부평: 경기도 부평을 말한다.
2_ 매년 한 번 걸어서 갔다 오누나: 자신이 직접 걸어서 갔다 온다는 말. 아마 추수를 위해서일 것이다.

아침에 양화(楊花) 나루3_ 건널 때 보니

머리와 수염에 서리가 가득.

식구들 다행히 잘들 있길래

친구들 안부 물어봤더니

서곽생(西郭生)은

하직 인사하고 내포(內浦)4_로 갔다 하는군.

왜 간다더냐고 물어봤더니

세밑에 조부 뵈러 간다 했다나.

언제 돌아온다더냐 물어보는 건

벗이 없으면 내가 먼저 괴롭기 때문.

내가 부평에 머물러 있을 땐

벗 그리워 어서 보고팠는데

이제 돌아와 보니

벗들은 모두 떠나고 없네.

제가(齊家)는 오래전에 관서(關西)에 노닐어5_

한 해가 저무는데 아직 안 돌아오네.

무관(懋官)6_ 또한 추수하느라

지금 남쪽 땅에 머물고 있다지.7_

깊은 여항(閭巷) 나 홀로 앉아 있으니

돌아온 나그네8_ 집 창에 낙엽이 지네.

---

3_ 양화(楊花) 나루: 지금의 양화대교 부근에 있던 나루다.

4_ 내포(內浦): 충청도의 홍성·당진·서산 일대를 이르는 말.

5_ 제가(齊家)는 오래전에 관서(關西)에 노닐어: '제가'는 박제가를 말한다. 박제가는
　　스무살 때인 1769년 장인 이관상(李觀祥, 1716~1790)이 영변도호부사로 부임할 때
　　따라간 바 있다.

6_ 무관(懋官): 이덕무(李德懋, 1741~1793)의 자(字)다.

7_ 지금 남쪽 땅에 머물고 있다지: 이덕무는 충청도 천안에 약간의 전답이 있었다.

8_ 돌아온 나그네: 자신을 가리킨다.

我有數畝田, 遠在富平府. 貧家無僮僕, 每年一徒步. 今秋大雷雹, 餘粒若干數.
黃牛借農家, 僕夫隨之雇. 聽雞將驅出, 假寢悠悠寤. 況聞邨中兒, 宵征昨逢虎.
昏黑越嵩嶺, 蹲蹲多暝樹. 艸炬故煇煇, 咳唾中自怖. 平明渡楊花, 鬢髮多白露.
家人幸平安, 造次問舊故. 忽聞西郭生, 辭家之內浦. 問渠胡爲爾, 晚歲拜大父.
問君歸來日, 行役我先苦. 昔我在富日, 思朋憶早迁. 今日已歸來, 親朋皆不住.
家也早西遊, 不歸歲將暮. 官也亦收田, 卽今在南土. 深巷我獨坐, 木落還客戶.

# 영남으로 놀러 가는
## 송사언(宋士彦)을 전송하며

### 1

나의 벗 가운데 박가(朴哥)¹가 있는데
접때에 영변² 땅에 노닐었다오.
장인이 그곳에 부임할 때에
사위를 어여뻐해 데려간 거지.
묘향산을 두루 구경하면서
수백 편 시를 지었다 하데.
송군이 이제 대구에 가면
그 발자취 박가와 비슷할 테지.

—

吾友有朴子, 往者遊寧邊. 丈人莅官府, 愛壻共蹁躚. 遍觀妙香山, 作詩數百篇.

宋君之大邱, 跡如此子牽.

---

1_ 박가(朴哥): 박제가를 가리킨다.
2_ 영변: 평안도 영변을 말한다.

**2**

12월 엄동이라
하늘과 땅 꽁꽁 얼어붙었네.
말방울 소리 딸랑딸랑 들리고
하인 수염에는 흰 서리 가득.
저물어 달천(達川)3_의 객점(客店)에 들면
조령(鳥嶺)은 하늘만큼 우뚝할 거야.
백사장4_에 깊은 밤 눈이 내릴 때
홀로 신립(申砬) 장군 추모할 테지.

———

嚴冬十二月, 寒冰滿天地. 馬蹄叢鈴鳴, 僕鬚皓霜至. 暮宿達川店, 鳥嶺天共峙.
沙場雪三更, 獨弔申元帥.

**3**

봄바람에 복건(幅巾)도 벗어던진 채5_
나귀 타고 왜관(倭館)6_에 놀러 갈 테지.

---

3_ 달천(達川): 충주 일대의 강으로, 괴산에서 흘러와 충주에서 남한강으로 흘러 들어
   간다.
4_ 백사장: 달천의 백사장을 말한다. 임진왜란 당시 신립(申砬)이 이곳에 배수진을 쳤
   다가 조령을 넘어온 왜군에게 휘하 군사들이 몰살당하고 그 자신도 목숨을 잃었다.
5_ 복건(幅巾)도 벗어던진 채: '복건'은 도포를 입을 때 머리에 쓰던 건(巾). 복건을 벗
   는다는 건 파격적인 행위로, 흥취가 나서 예법을 무시하고 자기 뜻대로 행동하는 것
   을 말한다.
6_ 왜관(倭館): 부산 초량에 있던 왜인(倭人)들의 거주 지역을 말한다.

밤에는 오화당(五花餹)[7] 사탕을 먹고
온갖 물물(物物)을 구경하겠지.
붓 달라고 해 시를 적으면
신필(神筆)에 왜인(倭人)들 안 놀랄쏜가.[8]
돌아올 때 왜관 앞의 저자[9]에 가서
천금 받고 보도(寶刀)를 팔고 올 테지.[10]

—

春風岸幅巾, 策驢遊倭館. 夜餐五花餹, 物物足堪翫. 索毫題詩句, 神墨奴驚歎.
歸時向前市, 千金寶刀換.


**4**


거서간과 니사금은[11]
성스럽고 총명하고 신덕(神德)[12]이 있었지.
밤에도 문 열어둔 채 닫지 않았고[13]
왜놈들 멀리 달아나 자취를 감췄지.[14]
백성들 편안해「도솔가」[15] 부르고
한가위엔 길쌈하여「회소곡」[16] 불렀지.

---

7_ 오화당(五花餹): 일본에서 만든 둥근 사탕을 말한다.
8_ 붓~놀랄쏜가: 왜인에게 글을 써 준다는 말.
9_ 왜관 앞의 저자: 당시 왜관 앞에 장(場)이 서서 여기서 상거래가 이루어졌다.
10_ 천금 받고 보도(寶刀)를 팔고 올 테지: 팔기 위해 칼을 갖고 갔던 듯하다.
11_ 거서간과 니사금은: '거서간'은 신라 시조 박혁거세(朴赫居世)의 왕호(王號)이고,
     '이사금'은 제3대 유리왕(儒理王) 때부터 제18대 실성왕(實聖王) 때까지 사용한
     왕호이다.
12_ 신덕(神德): 신령한 덕을 말한다.

지금의 계림현(鷄林縣)[17]에

아직도 그때 풍속 남아 있다지.

—

居西與尼師, 明聖有神德. 夜戶開不閉, 倭賊遠遁迹. 民康兜率歌, 考績會蘇曲.

至今鷄林縣, 倘有舊風俗.


## 5


슬프다 나는 썩은 선비[18]로

평생 우물 안 개구리일세.

백 리 밖을 나가본 적 한 번 없으니

어찌 하늘 저 먼 곳을 알리.

기쁘다 그대는 약관 나이로

멀리 옛 서라벌에 노닐러 가니.

지금 사람들 제가 난 나라도 잘 모르는 주제에

입만 열면 중화(中華)[19]를 말하지 뭔가.[20]


---

13_ 밤에도 문 열어둔 채 닫지 않았고: 풍속이 순후하여 밤에 문을 열어 놓아도 도둑이
  없었다는 말.
14_ 왜놈들 멀리 달아나 자취를 감췄지: 왜인들이 신라에 발을 붙이지 못했다는 말.
15_ 「도솔가」: 신라 유리왕 때 지어진 노래다. 『삼국사기』에 '민속이 태평하여 비로소
  「도솔가」를 지었다'는 말이 보인다.
16_ 「회소곡」: 신라 유리왕 때 지어진 노래다. 『삼국사기』에 의하면, 육부(六部)의 여
  자들이 두 편으로 나뉘어 추석 한 달 전부터 추석 때까지 서로 길쌈을 하여 베를 적
  게 짠 편이 많이 짠 편에게 음식을 내는 행사가 있었다. 이때 진 편의 여자 하나가

嗟我一腐儒, 生平井底黿. 足不越百里, 焉能識天涯. 喜君弱冠子, 遠遊古徐羅.
今人晦生土, 尙能說中華.

---

　　"회소회소"(會蘇會蘇)라 하며 춤을 추면서 노래를 불렀는데 여기에 맞춰 작곡한
것이 「회소곡」이라고 한다.

**17_** 계림현(鷄林縣): 지금의 경주를 말한다.

**18_** 썩은 선비: 시인 자신을 겸손하게 이른 말이다. 이 말은 앞의 「답답한 마음을 풀다」
라는 시에도 보인다.

**19_** 중화(中華): 중국을 말한다.

**20_** 지금 사람들~말하지 뭔가: 이 두 구절에 눈이 번쩍 뜨인다. 이런 말은 아무나 할
수 있는 게 아니다. 당시 조선에는 이런 말을 할 수 있는 사람이 몇 되지 않았다. 유
금에게 조선인으로서의 주체성에 대한 성찰이 있었음을 이 구절을 통해 감지할 수
있다.

# 기이한 것 좋아하는

기이한 것 좋아하는 영숙(永叔)[1]이 왔네

노복도 없이 눈 맞으며 나귀 타고서.[2]

들으니 술 엄청 좋아한다지만

가난해 돈이 없어 모른 체하네.[3]

커다란 모과만한 일본 다관(茶罐)[4]은

윤씨[5] 집에서 빌려 온 거지.

접때 병이 있어 형암(炯菴)[6]에게 갔더니

한 움큼 명란차(名蘭茶)[7]를 내게 주었네.

흰 눈을 다관에 넣고 끓여서

차를 우려내니 맛이 참 좋군.

어떤 농부가 계란을 주는데

짚으로 엮은 것이 꼭 콩깍지 같네.[8]

화로(火爐)에 불이 있고 여흥이 다하지 않아

다관에다 몇 개 넣어 삶아 보았네.

거문고 불사르고 학(鶴) 구워 먹은 이 있다 하더만[9]

나라에 보탬이 되는 재주 내게는 없군.

---

1_ 영숙(永叔): 백동수(白東脩, 1743~1816)의 자(字). 서얼 출신으로, 연암 일파의 일
   원이다. 무예에 능해 이덕무·박제가가 편찬한 『무예도보통지』(武藝圖譜通志)의 검
   토에 참여하였다. 이덕무는 그 처남이다.

2_ 노복도 없이 눈 맞으며 나귀 타고서: 이 한 구절은 참 정취가 있다.

3_ 가난해 돈이 없어 모른 체하네: 시인의 집이 너무 가난해 술을 대접하기 어렵기 때
   문에 백영숙이 술 좋아하는 줄 알면서도 짐짓 모른 체한다는 말.

4_ 다관(茶罐): 찻주전자.

5_ 윤씨: 윤가기를 가리키는 듯하다.

77

有來好奇字永叔, 牝驢衝雪亦無僕. 素聞此子善飮酒, 家貧無錢如不識.

日本茶罐大木瓜, 借來阿誰尹氏家. 往者有疾過炯菴, 分我一掬名蘭茶.

白雪烹茶不用水, 只爲手煎覺味美. 卽看野人獻鷄子, 黃藁純束豆房似.

爐紅餘興猶未裁, 試用茶罐烹數枚. 爨桐煮鶴古有說, 況我本無干城才.

---

6_ 형암(炯菴): 이덕무의 호(號)다.

7_ 명란차(名蘭茶): 차(茶) 이름. 난초 꽃으로 만든 차인 듯하다.

8_ 짚으로 엮은 것이 꼭 콩깍지 같네: 예전에 짚을 엮어 그 속에다 달걀을 담았는데, 그 모양이 콩깍지 속에 콩이 앉아 있는 것과 비슷하므로 한 말이다.

9_ 거문고 불사르고 학(鶴) 구워 먹은 이 있다 하더만: 『고금사문유취』(古今事文類聚)에 "위(衛)나라 의공(懿公)은 학(鶴)을 좋아하다가 나라를 망하게 했으며, 방차율(房次律)은 거문고를 좋아하다가 죄를 얻어 죽임을 당하였다. 그러니 거문고를 불살라버리고 학을 구워 먹은 사람은 그럴 만한 이유가 있다 하겠다"라는 말이 보인다.

# 닭은 발톱으로 할퀴고

닭은 닭을 발톱으로 할퀴고 말은 말을 발굽으로 차니[1]
금수의 이런 행실 식자(識者)는 부끄러워하지.
불이 불을 이기고 쇠가 쇠를 녹이니[2]
서로 원수로 여기고 적으로 여기는 건 뭔 마음인가.
공거(蛩駏)는 궐(蹶)을 업고 달아도 나거늘[3]
하물며 동류에다 벗 사이에랴.[4]

———

鷄距鷄馬蹄馬, 禽獸之行愧識者. 火剋火金削金, 相仇相賊亦何心.

君不聞蛩駏窘急負而走, 何況同類共爲友.

————

1_ 닭은 닭을 발톱으로 할퀴고 말은 말을 발굽으로 차니: 닭은 다른 닭을 발톱으로 할퀴고, 말은 다른 말을 발굽으로 찬다는 말.
2_ 불이 불을 이기고 쇠가 쇠를 녹이니: 동류끼리 서로 적대시하며 싸운다는 말.
3_ 공거(蛩駏)는 궐(蹶)을 업고 달아도 나거늘: '공거'는 공공(蛩蛩)과 거허(駏虛)를 말한다. 공공, 거허, 궐은 모두 짐승 이름이다. 궐은 앞발은 쥐 같고 뒷발은 토끼 같아 달리면 잘 넘어지는데, 늘 공공과 거허를 위해 그들이 좋아하는 감초를 입으로 갉아서 주었다. 이에 공공과 거허는 궐에게 위급한 일이 생기면 반드시 등에다 업고 달아났다고 한다. 이 이야기는 『여씨춘추』(呂氏春秋)에 보인다.
4_ 이 시는 사대부가 그 당파에 따라 서로 싸우고 헐뜯는 정치 현실을 풍자한 게 아닌가 한다.

# 오늘 밤 노래

어젯밤 달 떠서 동창이 밝더니
오늘 밤은 달이 없어 동창이 어둡네.
탄식하네 집이 가난해 등잔 기름 없어
겨울밤에 책을 볼 수 없어서.
해 지자 자리 펴 밤늦도록 앉아
서창의 옆집 불빛으로 책을 보누나.
옛날엔 곧잘 「우공」편(禹貢篇)¹⁻을 읽었는데
요즘엔 던져 두고 통 안 읽으니 원.

---

去夜有月東窓白, 今夜無月東窓黑. 可歎家貧無膏油, 冬夜文字看不得.

日落設衾夜深坐, 時見西窓照隣火. 往者慣誦禹貢篇, 邇來抛擲無能那.

# 재선(在先)<sup>1</sup>을 그리워하며

박수재(朴秀才)<sup>2</sup>를 못 본 지

하마 일곱 달.

떠날 때 복사꽃 훌훌 지더니

지금은 국화꽃 벌어지려 하네.

나는 몹시 게으른 사람이라서

편지도 한 통 보내지 못했군.

잊으면 그럭저럭 살아갈 텐데

문득문득 생각나는 날이 있어라.<sup>3</sup>

지난번 이생(李生)<sup>4</sup>과 상봉하고도

내 마음 오히려 황홀했거늘.

슬프다, 말도 종도 내겐 없어서

관서 땅으로 얼른

알리지 않고서 그대 찾아가

동대(東臺)<sup>5</sup>에서 시를 주고받지 못하는 것이.

지난여름 그대 집<sup>6</sup>에 가 보았더니

사립문이 퍽 쓸쓸하였네.

댑싸리 울<sup>7</sup>은 소조(蕭條)하고

---

1_ 재선(在先): 박제가의 자(字)다.

2_ 박수재(朴秀才): 박제가를 가리킨다.

3_ 잊으면~있어라: 말은 평이하나 천기(天機)가 유동한다.

4_ 이생(李生): 이덕무를 가리킨다.

5_ 동대(東臺): 영변의 약산(藥山) 북쪽 능선에 있으며, 전망이 좋아 예부터 관서 팔경
   의 하나로 꼽혀 왔다.

6_ 그대 집: 박제가의 서울 집을 말한다.

7_ 댑싸리 울: 댑싸리로 만든 울타리. 댑싸리는 명아주과의 일년생 풀로, 그 가지로 빗

풀에는 줄기가 새로 돋았데.

홀로 서서 잠시 배회했지만

그리운 마음 뉘게 말하리.

지금 들으니 그 울을 헐고

집을 새로 증축했다지.

집사람들에게 일을 다 맡겨

천 리 밖에서 오죽 마음 답답했겠나.

훗날 집에 돌아와 보면

꼭 남의 집에 온 것 같으리.

나 역시 봄여름 사이

고생해서 코딱지 같은 집에 방을 더 냈네.

친구들 모두 와서 보고는

용슬(容膝)[8]은 하겠다고 기뻐하더군.

오늘 밤 이 방에 누워 있으니

자려고 해도 통 잠이 안 오네.

사위(四圍)에 사람 소리 들리지 않고

늦은 귀뚜라미[9]만 찍찍찍 울어대 샀네.[10]

—

不見朴秀才, 居然七閱月. 去時桃華落, 于今菊欲發. 我性甚慵儒, 音書亦曠闕.

자루를 만든다.

8_ 용슬(容膝): 무릎이 겨우 들어가겠다는 뜻으로, 한 몸 들어갈 정도의 좁은 방을 말한다. 당시 유금의 집은 탑골 북쪽인 지금의 서울시 종로구 경운동에 있었다. 유금은 새로 낸 이 작은 방에 '착암'(窄菴: 좁은 집이라는 뜻)이라는 이름을 붙였다. 유금은 나중에 남산으로 집을 옮겼는데, 그 집 서재 이름이 바로 '기하실'(幾何室)이다.

9_ 늦은 귀뚜라미: 늦가을 귀뚜라미를 말한다.

10_ 이 작품은 시로 쓴 편지라 할 만하다.

忘渠足以過, 忽有思渠日. 往者逢李生, 我心猶怳惚. 惜我無僅馬, 不得從西出.

逢伊不意中, 東臺共弄筆. 去夏過其廬, 柴扉劇蕭瑟. 寥落地膚蘺, 新莖補舊苗.

獨立暫低徊, 有懷無處說. 今聞毀其蘺, 建宅稍廣闊. 意匠付家人, 千里心應鬱.

異日渠歸來, 如入它人室. 我亦春夏間, 勤辛益蓬蓽. 親朋皆來見, 喜我足容膝.

今夜臥於斯, 欲眠眠忽失. 四隣無人聲, 唧唧響晚蟋.

# 서여오(徐汝五)1_ 집

동쪽 골목에 와 노는 것 지장이 없어2_

집 옮겨도 서쪽 골목에는 가는 법 없네.

산3_에서 자라는 나무 뜰에다 심고

담모퉁이에서 오래 키운 닭 길들이누나.

3월 꽃바람에 창문이 환하고

남산의 나무는 아지랑이에 희미하여라.

누가 인근의 왕손댁(王孫宅)4_ 싫어하겠나

등(滕)나라는 작아도 초(楚)와 제(齊) 사이에 있을 만하지.5_

---

不妨巷東來共携, 移家不出巷之西. 庭中忽立生顏樹, 墻角還馴舊養鷄.

三月花風雙牖朗, 南山春靄遠莎迷. 誰嫌鄰近王孫宅, 滕小猶堪間楚齊.

---

1_ 서여오(徐汝五): 서상수(徐常修, 1735~1793)를 가리킨다. '여오'(汝五)는 그 자(字).
호는 기공(旂公), 관물헌(觀物軒), 관재(觀齋). 서얼 출신이다. 당대 최고의 골동품
감식가였으며, 퉁소 연주는 국수(國手)의 수준이었던바, 음악과 서화 등 예술 일반
에 정통하였다. 유금·유득공·이덕무·박제가 등과 함께 연암 그룹의 일원이다.

2_ 동쪽 골목에 와 노는 것 지장이 없어: 서여오가 지금의 인사동 어귀로 집을 이사했
기에 한 말이다. 당시 유금과 유득공의 집은 서여오의 집 동쪽인 경운동에 있었다.

3_ 산: 원문의 '顏'(음은 '애')은 산기슭이라는 뜻으로, '厓'(애)와 통한다.

4_ 왕손댁(王孫宅): 이덕무의 집을 말한다. 당시 이덕무의 집이 서여오 집 옆에 있었다.
이덕무의 집은 원래 바깥채가 없었는데 이덕무는 후에 바깥채를 새로 내어 자신의
서재로 삼았으며 이 서재 이름을 '청장관'(靑莊館)이라 하였다. 한편, '왕손'이라고
한 것은 이덕무가 정종(定宗)의 별자(別子) 무림군(茂林君)의 후손이기에 한 말이
다.

5_ 등(滕)나라는 작아도 초(楚)와 제(齊) 사이에 있을 만하지: 중국 춘추 시대에 등(滕)
나라는 아주 작은 나라로, 큰 나라인 제(齊)와 초(楚) 사이에 있었다. 여기서는 작고
가난한 집이 주변의 큰 집들 사이에 있음을 비유적으로 표현한 말이다.

# 어떤 사람을 대신하여
# 장난삼아 두 기생에게 주다

## 1

새로운 정 흡족커늘 옛정이 돌아와1_
운우(雲雨)의 즐거움 거듭되누나.
가는 허리 양쪽에 끼고 가만히 묻기를
"서로 봐도 시샘이 나지 않는고?"

—

新情洽洽故情回, 雲雨重重楚夢臺. 雙把纖苞聊借問, 相看能得不相猜.

## 2

응향정(凝香亭)2_에 고운 노래 간드러지고
화방재(畫舫齋)3_에서 술에 취해 아양을 떠네.4_
어찌하여 사람들 죄다 침 흘리는지
그 내막 필경 홀로 알 테지.5_

---

1_ 새로운 정 흡족커늘 옛정이 돌아와: '새로운 정'과 '옛 정'은 두 기생을 가리키는 말
이다.
2_ 응향정(凝香亭): '향기 어린 정자'라는 뜻으로, 기생이 거처하는 집 이름인 듯하다.
3_ 화방재(畫舫齋): '아름답게 장식한 배 같은 방'이라는 뜻으로, 기생이 거처하는 방
이름인 듯하다.
4_ 응향정(凝香亭)~떠네: 기생이 그런다는 말.
5_ 그 내막 필경 홀로 알 테지: 기생 홀로 안다는 말.

凝香亭上纖歌遲, 畵舫齋中嬌醉時. 何苦旁人皆涎度, 到頭深境獨能知.

## 3

몇 년 새 양 어금니 빠져 버려서
거울 보니 두 볼 꺼져 애석하고나.
술 기운 빌려 상사곡(相思曲)6_에 화답을 하나
발음 또렷치 못해7_ 마음 같지 않네.

―

牙齒年來沒兩車, 鏡中堪惜輔無依. 乘酣試和相思曲, 音韻窟訛意不如.

## 4

봄날 하릴없어 창문 고요한데
옷 잡아끌어 마주 앉아 쌍륙을 놓네.
낮은 소리로 무얼 내기 거는지

---

6_ 상사곡(相思曲): 곡명. 님을 그리는 노래다.
7_ 발음 또렷치 못해: 늙어 이가 빠져서 그렇다는 말.

호호 웃으며 부끄리어 응낙을 못하네.[8]

---

春晝無爲窓闃寂, 挽裙對坐排雙陸. 低聲約賭事維何, 淺笑無言羞不諾.

8_ 낮은 소리로~못하네: 남자가 무얼 내기로 걸었는지 기생이 부끄러워 웃기만 하고
   응낙을 못한다는 말.

# 4월, 둥지를 친 까치를 보고 감탄해서 짓다

윤씨 집 느티나무에 까치가 있어
4월 되자 둥지를 트네.
네가 언제 일 시작했는지는 못 보았지만
차츰차츰 떨기 같은 게 생기지 뭔가.[1]
어디서 긴 가지를 물어오는지
나는 데 짐 되니 더디 날밖에.
사람 손은 절대 안 빌려 하니
부리의 힘 참 대단도 하지.
날아가는 곳 또한 그리 안 멀고
아직 부부 아니언만 암수가 같이 오네.
한마음으로 고생 함께하고
정이 지극해 울음소리 다정하여라.
바람에 흔들려 가지가 떨어지자
놀라 깡충 내려가 도로 물어오네.
옆 가지에 빈 둥지 없지 않건만
어째서 그것을 안 차지하는지.

---

1_ 차츰차츰 떨기 같은 게 생기지 뭔가: 나뭇가지 위에 떨기 모양의 둥지가 형성되기
   시작했음을 이르는 말.

사람이 손수 집 짓는 걸 귀하게 여기듯
새도 역시 그런가 보지.
저마다 자기 집이 있으니
주인이 아닌데 빼앗는 건 부끄러운 일.
자식이 이미 늦었거늘
노력하여 얼른 집을 짓거라.
다른 까치들 먼저 둥지 쳐
새끼들 태어나 곧 울어 대리니.

—

有鵲尹氏槐, 四月巢始營. 不見爾肇役, 漸如叢寄生. 何處輪長條, 碍翼遲遠征.
人手堅應讓, 喙功理難明. 飛去且不遠, 未妻歸或幷. 勤辛一心力, 情至秩秩聲.
風搖枝流地, 驚拾下身輕. 傍枝有完巢, 何不假之盈. 人心貴手構, 禽鳥亦同情.
棲身各有所, 非主羞奪爭. 悶汝佷已晚, 努力可速成. 他鵲先慥慥, 生子非久鳴.

# 여름날 눈앞의 풍경

윤5월 되니 앵무정사(鸚鵡精舍)¹ 는
붉은 석류꽃 창에 가득네.
훈풍은 유리 풍경(風磬) 살짝 건드리고
가없는 푸른 하늘에는 해오라기 두 마리.
무더워 과거 공부 그만두고서
돗자리에 벌렁 누우니 한적하기만.
어린 딸 일없이 마당에 내려와
풀이삭 뽑아 청삽사리 만드는고녀.

—

鸚鵡精舍閏五月, 石榴花赤滿小窓. 薰風輕打琉璃磬, 浩浩青天鷺一雙.

熱日抛卻擧子工, 懶臥淸簟寂人跫. 穉女無事下庭角, 拔得艸穗作靑狵.

---

1_ 앵무정사(鸚鵡精舍): 유금이 남산에 있는 자기 집에 붙인 이름인 듯하다. 이 시를 쓸
때 유금은 남산의 앵무(鸚鵡: 남산의 명승지 가운데 하나였음) 근처에 살고 있었던
것으로 보인다. 뒤에 나오는 시 「금릉에서 삼짇날에」의 제2수에 '집이 남산인데'라
고 한 데서도 유금이 남산으로 집을 옮겼음이 확인된다. 유금은 기하학에 조예가 깊
었는데 그래서 남산의 이 집 자기 공부방에다 '기하실'(幾何室)이라는 이름을 붙였다.

# 서쪽 이웃집에서 술에 취한 후
운(韻)을 집다[1]

비 막 내리려고 저녁 안개 끼고
하늘가 아득하고 먼 산은 낮아라.
반쯤 취하자 사람들 노곤해 돌아가는데
흙탕길 보니 나귀가 길 잃었구먼.[2]

---

戎戎雨意暮煙携, 漠漠天倪遠峀低. 半醉難堪諸客散, 濘途注目驢蹄迷.

---

1_ 운(韻)을 집다: 여러 사람이 모여 시를 지을 때 각자 운을 하나씩 집어서 그 운에 따라 시를 짓는 것을 말한다.
2_ 흙탕길 보니 나귀가 길 잃었구먼: 돌아간 사람들이 길 잃은 줄을 흙탕길의 나귀 발자취를 보고서 알겠다는 말.

# 큰비

사흘간 하늘이 푹푹 찌고
이틀간 동남풍이 불어 대더니
과연 큰비가 좍좍 뿌려서
동서의 땅 죄다 물에 잠겼네.
해가 지고도 그치지 않고
줄기차게 내리는고나.
이리 빨리 장마 올 줄 알지 못해서
올 봄에 집 미처 보수 안 했네.
행랑여종 밤에 일어나 부산을 떨며¹
불 빌리려² 이웃집 아이 부르네.
천 번을 불러도 대답이 없군
우중(雨中)에 나오기 어려울 테지.
동이에 찬 물 마당에 내다버리며
비 새어도 풍년이 들려나 여길 뿐이네.
띠 새로 안 입힌 건 말하지 않고³
해 늦게 나옴만 원망하누나.
주인으로서 가여운 마음이 들고

---

1_ 올 봄에~부산을 떨며: 봄에 지붕을 보수하지 않아서 여종 방에 비가 새므로 여종이
   밤에 일어나 부산을 떤다는 말.
2_ 불 빌리려: 불씨가 꺼져 옆집에 불씨를 빌리고자 한다는 말. 옛날에는 불씨가 꺼지
   면 옆집에서 불씨를 빌려 와야 했다.
3_ 비 새어도~말하지 않고: 지붕에 비가 새자 풍년이 들겠구나 여길 뿐 지붕에 띠를
   새로 입히지 않은 일은 말하지 않는다는 뜻. 여종이 그런다는 말.

혼자 편히 잔 게 부끄럽고나.

아침에 일어나 그 고생 위로하고서

문을 여니 검은 구름 하늘 덮었네.

앞 도랑은 물이 철철 넘쳐서

마당에 흰 물결이 일고 있구나.

담장은 흙이 허물어지고

섬돌 오동에는 비 뿌리며 바람이 윙윙.

박덩굴이며 뭇 나뭇가지는

어둑어둑 어지러이 영롱하여라.

천지의 온갖 소리 꽉 막혀서

갑갑하게 두 귀가 먹은 듯싶네.

그 옛날 내가 성남(城南)⁴ 살 적에

집이 몹시 가난했었지.

매년 여름 어찌 그리 비가 많던지⁵

창으로 비 마구 들이치곤 했지.

책이라고 빗물에 안 젖을손가

때로 펴서 말리면 서글펐었지.

여종이여 신세 한탄할 것 없네

고생 지나면 반드시 낙이 오나니.⁶

---

4_ 성남(城南): 도성 남쪽을 가리키는데, 정확히 어딘지는 미상.

5_ 매년 여름 어찌 그리 비가 많던지: 가난한 집에는 비가 많은 법이다. 집이 허술하기 때문이다.

6_ 이 작품은 여종에 대해 미안해 하는 시인의 마음을 담고 있다. 시인의 시선은 몹시 낮은 데에 자리하고 있어, 여느 사대부 시인들이 하층민에 대해 보여 주는 연민의 시선과는 그 성격이 사뭇 다르다. 유금 시의 한 고유한 특징이 바로 이 점에 있다.

三日鬱蒸天, 二日東南風. 果然大雨作, 橫亙沒西東. 日入寧暫息, 滾滾一始終.

不意霖潦早, 今春闕宮功. 廊婢夜起擾, 乞火呼隣童. 千呼還淒淒, 難出雨聲中.

盆水響投庭, 屋漏認許豐. 不言茅未盖, 倪怨日遲紅. 爲主心憐悶, 安寢愧不公.

起坐問疾苦, 開門黑盈空. 前溝急不流, 漲庭白波洪. 墻角落土壞, 陰風灑砌桐.

匏蔓與叢梢, 合雜暝玲瓏. 衆聲塞天地, 杳鬱雙耳聾. 憶昔城南宅, 吾家甚貧窮.

每夏天雨足, 床床注華蓬. 書册痕猶在, 時展愴餘哀. 婢乎莫歎斯, 艱屯會亨通.

# 비가 그치다

차츰 서쪽 하늘 환해지더니
뭇 새들 하늘에 날아오르네.[1]
젖은 구름 아직도 가랑비 내리고
나뭇잎은 우수수 소리를 내네.
기운 국화 이제야 바로 서려 하고
비 맞은 석류 윤기가 반(半)은 덜하네.
어느새 석양이 뉘엿뉘엿 지고
먼 길에선 장사꾼 외치는 소리.[2]

---

漸漸西天豁, 飛飛衆鳥生. 濕雲猶細霧, 風葉忽群鈴. 訖菊初思整, 洗榴半減明.
於焉已夕日, 遠道商人聲.

---

**1_** 차츰~날아오르네: 처음의 이 두 시구는 그 이미지가 너무도 또렷하고 청신하여, 새
들이 날아오르는 소리가 마치 귓가에 들리는 듯하다.
**2_** 먼 길에선 장사꾼 외치는 소리: 이 마지막 시구는 도시적 시인으로서 유금의 시인적
감수성을 잘 보여 준다. 자연 풍광을 쭉 읊조린 끝에 이 구절을 살짝 덧붙이고 있음
에 이 시의 묘미가 있다.

# 밤비

어제 비가 줄줄 오더니
오늘도 비가 줄줄 오누나.
줄줄 날마다 이리 비 오니
밤낮이 대체 어떠하겠나.
비가 마당을 푹 덮어서
그 형세 꼭 제방을 뚫을 듯.
컴컴한 밤 누워 있자니 불안도 하고
이 걱정 저 걱정 많기도 해라.
축축한 기운 이부자리에 가득하여서
팔다리 거듭 쑤셔 오누나.
번쩍 번갯불 방에 비치자
천장이 잠시 환해지누나.
습한 기운에 북소리¹ 멀리 못 가고
꽹과리 소리²만 겨우 들릴 듯.
비 잠시 그치자 비로소 들리나
비 퍼붓자 그 소리도 묻혀 버리네.

---

1_ 북소리: 시간을 알리는 북소리를 말한다.
2_ 꽹과리 소리: 조선 시대에 하룻밤의 시간을 다섯 경(更)으로 나눠, 1경과 5경은 각각
다시 세 점(點)으로 나누고 2경에서 4경까지는 각각 다섯 점으로 나누어서 경에는
북을 치고 점에는 꽹과리를 쳤다.

一

昨日雨滂沱, 今日雨滂沱. 滂沱日又日, 日又夜若何. 水維蔽庭高, 勢決濩子河.

黑夜臥不穩, 牢騷點點多. 濕氣滿衾褥, 肩脚重欲痾. 電光忽入房, 椽壁曄頃俄.

更鼓濕不遠, 鉦聲但能過. 小停始聞此, 方注混寂佗.

# 증남(曾男)1_이 태어나다

큰형님 돌아가신 지

어언 19년.2_

공(恭)이3_는 다행히 성인이 됐지만

형제 누이 없으니 가련도 하지.

며늘아이4_ 몸이 하 약해서

집에서는 후사(後嗣)를 걱정했었지.

마침내 아이가 섰다고 해서

온 집안이 마음 졸이며 기다렸었지.

사내아이야 바랄 것 있나

딸만 낳아도 기쁘고말고.

저녁 무렵부터 산기(産氣) 있더니

새벽닭 울어 대나 동은 안 트네.

네 애비와 네 작은할아비5_는

등(燈)을 밝혀 약시(藥市)6_에 가네.

응애응애 우는 소리 들려오길래

사내애로구나 생각했었지.

계집아이 울음은 잔약하거늘

---

1_ 증남(曾男): 질녀 이름이다. '증남'(曾男)은 '일찍이 남자였다'라는 뜻인데, 태어날
  때 울음소리가 하도 우렁차서 사내자식인 줄로만 알았는데 나중에 보니 딸이라서
  이런 이름을 짓게 된 듯하다.
2_ 큰형님~19년: '큰형님'은 유금의 큰형님이자 유득공의 아버지인 유춘(柳椿, 1726
  ~1752)을 가리킨다. 이 시는 1771년에 창작되었다.
3_ 공(恭)이: 『발해고』(渤海考)의 저자로 유명한 실학자 유득공(柳得恭, 1748~1807)을
  가리킨다. 유금의 큰조카다.
4_ 며늘아이: 유득공의 처를 말한다.

우렁찬 이 울음소리 사내 아니고 뭘까.

네 애비 막 돌아와서는

울음소리에 속았다고 서글퍼하네.

깨끗이 씻긴 후 다들 들어가 보니

반듯한 얼굴에 이마가 툭 나왔네.

너의 외종(外從)도 함께 자리해

사주를 짚어 보며 칭찬해 쌌네.

오늘 왁자지껄 웃고 떠들어 대니

홀로 된 형수 맘이 좋으시겠네.

—

伯氏之棄世, 于今十九禩. 恭也幸成立, 可憐無兄姊. 新婦體纖弱, 家君慮其始.

居然云有身, 擧家小心企. 産男誰暇希, 産女順足喜. 黃昏見娩漸, 鷄亂未及昜.

爾父爾季祖, 明燈去藥市. 我臥已聞呱, 心知生男子. 女音應婉嫣, 洪鍾男音是.

爾父方歸來, 見紿一悵矣. 洗浴齊入見, 方面額崇起. 亦有爾外從, 推數來稱美.

今日笑咮嘴, 可以慰嫂氏.

---

5_ 네 애비와 네 작은할아비: '애비'는 유득공을 가리키고, 작은할아비는 유금의 동생
   인 유곤(柳璭, 1744~1822)을 가리킨다. 유금에게는 위로 춘(瑃)과 민(玟, 1733~
   1754) 두 형이 있었으며, 아래로 곤과 누이가 있었다. 민은 중부(仲父)인 주상(周相)
   의 양자로 들어갔다.
6_ 약시(藥市): 한약재를 파는 시장을 말한다. 약시에 간 것은 산후(産後)에 쓸 약을 구
   하기 위해서일 것이다.

# 금릉(金陵)에서 삼짇날에

## 1

얇은 베옷 입고 난간에 기대어 있으니
가사(袈裟) 입은 중이 옻나무 밖 밭을 지나네.
나비가 처음 날고 초록이 짙은
신이화(辛夷花)1_ 피는 시절에 금릉2_에 있어라.

兜羅衫薄曲欄凭, 半部袈裟漆外塍. 蛺蜨初飛繁葉大, 辛夷時節在金陵.

## 2

제방 밖 조그만 밭에 귀리가 자라고
눈썹 그린 듯한 섬에서 학(鶴) 울음 찾네.
가련타 사람은 바람에 날리는 버들개지 같아
집이 남산인데 몸은 서쪽에 있어라.

1_ 신이화(辛夷花): 산목련. 요즘 흔히 보는 목련과 달리 꽃이 단엽(單葉)이어서 청초한
  느낌이 더하다.
2_ 금릉: 황해도 장단(長湍)에 있는 백악산(白岳山) 북쪽 산록이다. 뒤에 나오는 시 「6
  언 다섯 수」의 제5수에도 이 지명이 보인다.

一

圩外圭田穮麥齊, 畫眉島上一尋唄. 可憐人似風中絮, 家在終南身在西.

# 소일 삼아

## 1

맑은 지당(池塘)에 풀과 나무 우거지고
소나무 사이 해 그림자 고요하여라.
버드나무꽃 물에 지니 작은 고기 모여들고
벚꽃이 바람에 간들거리니 어지러이 나비 나네.
빈 구름과 청산은 꼭 그림 같은데
언덕에 아지랑이 오르고 붉은 해 비치네.
집 떠난 지 며칠이며 봄은 얼마나 되었는지
꾀꼬리 따라 삼짇날에 돌아가면 좋으련만.

—

一矩澄塘艸樹菲, 松間虛景寂依依. 楊花點水纖鱗集, 櫻榮媚風亂蝶飛.
活畫雲空深綠峀, 游絲莎岸淡紅暉. 離家幾日春如許, 好趁流鸎上巳歸.

**2**

저녁 되자 보슬비 조금 오는데
집 떠나 예서 삼짇날을 맞네.
보리는 가는 싹을 내고
뜨락의 나무엔 붉은 꽃 피었네.
고요히 소장형(邵長蘅)의 『청문고』(靑門稿)¹⁻ 보고
때때로 『고려사』도 읽어 본다네.
낮잠 깨니 문득 서글퍼져서
쓸쓸히 동쪽 마을로 향하네.
작은 밭은 활처럼 휘고
언덕에 핀 꽃이 물에 비치네.
해오라기는 내가 싫은지
끼륵끼륵 울며 구름 속에 드네.

―

日夕雨微濛, 離家逢上巳. 夜麥抽纖絲, 庭樹發紅蕊. 靜看靑門藁, 時讀高麗史.
午眠忽惻惻, 消然向東里. 小塍曲如弓, 岸花映綠水. 白鷺惡我來, 磔磔入雲裏.

---

1_ 『청문고』(靑門稿): 소장형은 중국 명말(明末) 청초(淸初)의 저명한 문인으로, 문학
의 사회적 책임을 강조하는 문학관을 견지하였다. 『청문고』는 그의 문집 이름이다.

# 농부의 집

## 1

세 모퉁이 못자리 나래질 중인데1
정오 되자 연기 오르더니 좁쌀밥2 익었네.
병아리 삐악삐악 울고 금송아지 졸고
울타리 밑에는 참외 떡잎이 돋았네.

---

秧田三角木勞平, 亭午烟靑粟飯成. 雞子啾啾金犢睡, 籬根兩葉北瓜生.

## 2

세 살배기 어린 소 한번 밭 갈려 보거늘
흙집의 아이 울어 대네 어미 물 긷는데.
아무쪼록 올 봄엔 비 많이 왔으면
담장에 복사꽃 피어도 예쁜 줄 모르니.3

---

1_ 세 모퉁이 못자리 나래질 중인데: '나래'는 논의 흙을 평평하게 고루는 농기구다. '나래질'은 나래로 땅을 고르는 일을 말한다.
2_ 좁쌀밥: 좁쌀로 지은 밥. 이전에는 쌀밥이 귀해 일반 백성들은 쌀밥을 먹기 어려웠다.
3_ 아무쪼록~모르니: 이 두 구절은 기실 농부의 말이라 할 것이다. 가물지 않아 모내기를 잘 했으면 하는 것이 최고의 바람이고, 비에 복사꽃이 지는 것 따위야 상관없다는 말.

童牛三歲試耕田，土室兒呱母汲泉．但願今年春水足，墙桃花發不知憐．

# 박군의 서실(書室)1-에 쓰다

한집에 형제가 단란히 살고
병사(丙舍)2-를 새로 지어 삼나무 둘렀네.
2월이라 낭자(娘子)3- 무덤에 붉은 꽃 피고
하루 종일 세존암(世尊巖)4-에 안개 푸르네.
몇 년 동안 필봉(筆鋒)을 연마했건만
백 평 밭 쟁기질 하고 있다니 원.5-
예전에 왔던 벗 지금 또 찾아와
아름다운 시6- 다 읽고서 술잔을 드네.

—

團居一室弟兄咸, 丙舍新成繞柞杉. 二月花紅娘子墓, 六時烟翠世尊巖.

幾年磨銳靑蓮杵, 數畝耕隨白木鑱. 舊雨來人今又至, 瓊詩讀破酒杯銜.

---

1_ 서실(書室): 서재를 뜻한다.
2_ 병사(丙舍): 무덤 가까이에 세운 묘지기가 사는 집. 묘막(墓幕)이라고도 한다.
3_ 낭자(娘子): 낭자란 박군의 딸을 가리키지 않나 여겨진다.
4_ 세존암(世尊巖): 지명이겠는데 어딘지는 미상.
5_ 몇 년~있다니 원: 글공부를 열심히 했으나 몹시 불우해 힘들게 농사를 지어야 하는
   처지라는 말.
6_ 아름다운 시: 박군의 시를 말한다.

# 6언1_ 다섯 수

## 1

향긋한 나무의 초록빛 옅거나 혹 진하고
가지엔 꽃이 피기도 하고 안 피기도 하고.
꾀꼬리 두 마리 아리땁게 울고
나비는 짝 지어 날아들고 있고.

———

芳樹濃綠淺綠, 花枝已開未開. 兩兩鸎兒嬌囀, 雙雙蝴蜨飛來.

## 2

봄 산 고요한데 꾀꼬리 울고
동산의 나무에 탁탁탁 딱따구리 소리.
개구리 울어 곳곳에 피리 소리인가 싶고
꿩이 울어 때때로 뿔피리 소리인 듯.

———

1_ 6언: 6언으로 된 한시를 말한다. 한시는 보통 5언이나 7언인데, 작가에 따라 더러 6
언시를 짓기도 하였다. 6언은 그 자수율(字數律)에서 5언이나 7언과 달리 다소 촉급
하고 단촐한 미감을 풍긴다.

春山寂寂郭公, 苑樹丁丁啄木. 蛙鳴處處聞吹, 雉雛時時聽角.


## 3

외나무다리 가는 승려 아스라하고
물고기는 보리 싹처럼 가느다랗군.
한 톨 향이 맑아 책을 펼치고
담장에 꽃피어 주렴을 내리네.[2]


略彴歸僧遠遠, 浮鱗芽麥纖纖. 一炷香淸開卷, 小墻花發下簾.


## 4

소 등에 탄 아이는 풀피리 불고
우물가엔 처녀가 빨래를 하네.
친구 보내고 산에 올라 먼 곳을 보다

---

2_ 담장에 꽃피어 주렴을 내리네: 이 구절은 시경(詩境)이 아주 묘하다. 주렴을 내리면
꽃과 꽃향기는 더욱 은근할 것이다. 머리를 들이밀고 보는 것보다는 보일 듯 말 듯
한 것을 은근히 보는 편이 더 운치와 깊이가 있을 터이다.

꽃구경하고 돌아오는 길에 찻잎을 따네.

———

牛背鬆頭吹葉, 井邊姹女浣紗. 送客登山遠眺, 看花歸路採茶.


## 5

금릉(金陵)의 옛 능(陵)[3]에 풀이 푸르고
백악(白岳)의 새 능(陵)엔 꽃이 붉어라.
시골집은 마냥 봄이 깊은데
윤공(尹公)은 어디에 있단 말인가.[4]

———

艸綠金陵古墓, 花紅白岳新宮. 無限村庄春暮, 不知何處尹公.


3_ 능(陵): 임금의 무덤.
4_ 윤공(尹公)은 어디에 있단 말인가: '윤공'은 윤택(尹澤)을 가리킨다. 이 시에는 다음
과 같은 원주(原註)가 달려 있다. "금릉(金陵)은 골짝 이름으로, 장단(長湍: 황해도
의 지명)에 있는 백악산(白岳山) 북쪽 산록에 있으며, 고려 왕의 무덤이 있다. 『고려
사』에 보면 이런 기록이 있다. 공민왕 9년, 백악산에 새 능(陵: 임금의 무덤)을 조성
하기 시작하였다. 다음해 봄, 정당문학(政堂文學: 고려 때의 종2품 벼슬) 윤택(尹澤)
이 벼슬을 그만두고 왕에게 이렇게 아뢰었다. '신(臣)은 임금님에게 큰 은혜를 입었
지만 조금도 보답하지 못했사옵니다. 청컨대 화공(畵工)을 시켜 용안(龍顔)을 그려
주신다면 신(臣)은 시골집에서 아침저녁으로 우러르고자 합니다.' 또 이렇게 아뢰
었다. '근래 기근이 자주 드는데다, 군사들이 전에 이미 남경(南京)에 능을 만들었
는데 지금 또 백악에다 능을 만들고 있으니 백성이 어찌 감당하겠사옵니까?' 임금
이 술을 하사하였다. 윤택은 한 번에 세 잔을 마시고도 안색이 태연하였다. 홍언박
(洪彦博)이 말하기를, '윤공이 이렇게 우직한 줄 몰랐다'라고 하였다." 이 시 제3구
의 '시골집'이라는 말은 원주 중의 '시골집'이라는 말과 관련된다.

# 무자(戊子)년 한가위에 아우 및 조카[1]와 성묘 가려고 했으나 비가 와서 못 가게 되자 함께 시를 읊으며 회포를 풀다

## 1

새벽 북소리[2] 은은히 들리고
밥솥에선 푹푹 김이 나누나.
앉아서 먹구름 개길 기다렸더니
뜨락 나무에 후두후득 빗소리 듣네.

—

曉鍾殷殷來, 鼎米輥輥鳴. 坐待黑雲散, 庭樹有雨聲.

## 2

한가위 하루 전
주룩주룩 비 내려 마뜩치 않네.

---

1 무자(戊子)년 한가위에 아우 및 조카: '무자년'은 영조 44년인 1768년이며, '아우'는
유곤(柳璭)을, '조카'는 유득공을 가리킨다.
2 새벽 북소리: 당시 서울에서는 새벽 4시에 '파루'(罷漏)라 하여 통금 해제를 알리는
북을 서른세 번 치고 성문을 열어 사람들을 통행시켰다.

옷 젖어 성묘를 갈 수도 없고
길 멀건만 마구간엔 말도 없어라.

---

嘉排前一日, 注注雨不可. 衣濕違省墓, 道遠廐無馬.


# 3

안산(安山)에는 어머니 산소가 있고[3]
송산(松山)에는 형님의 묘가 있어라.[4]
동쪽 가면 마음은 서쪽이 슬픈데[5]
동서(東西)가 모두 비에 막혔네.

---

安山有母墳, 松山有兄墓. 東去心西悲, 東西兩違雨.

3_ 안산(安山)에는 어머니 산소가 있고: '안산'은 지금의 경기도 안산이다. 유금의 어머
   니는 평산 신씨이다.
4_ 송산(松山)에는 형님의 묘가 있어라: '송산'은 지금의 의정부시 송산동을 말하고,
   '형님'은 유춘(柳瑃)을 가리킨다. 유춘의 아들이 곧 유득공이다.
5_ 동쪽 가면 마음은 서쪽이 슬픈데: 안산과 송산의 무덤이 동서(東西)로 떨어져 있기
   에 한 말이다.

# 4

사촌 동생 해상(海上)에 있거늘
하늘 보니 거기도 비바람 치겠군.
저녁 구름 꼭 오리가슴 같으니
내일도 응당 비 쏟아지겠군.

—

從弟海上客, 看天知風雨. 夕雲如鳧胸, 明日雨應注.


# 5

지난해 이날 술을 마셨더랬지
묘지기가 막걸리 갖다 주어서.
올해는 이날 비가 내려서
부질없이 빈 술병만 두드리고 있네.

—

去年今日飮, 墓丁有白酒. 今年今日雨, 坐叩空壺口.

## 6

이처럼 비 내리니 글쎄 형암(炯菴)<sup>6</sup>-은
남성(南城)<sup>7</sup>-에 대체 어찌 갈라나.
모를레라 그이도 집에 앉아서
내가 어찌 갈라나 걱정할는지.<sup>8</sup>-

—

李炯菴有雨, 何以行南城. 恐渠坐其菴, 念我何以行.


## 7

큰딸은 처마의 낙숫물로 장난치고 있고
막내딸은 침상에서 자고 있어라.
그 어미는 서쪽 창 아래에 앉아
눈을 깔고 무명을 손질하고 있네.<sup>9</sup>-

—

長女弄簷霤, 小女床前眠. 其母西窓下, 垂睫理木綿.

---

6_ 형암(炯菴): 이덕무의 호(號)다.
7_ 남성(南城): 남한산성을 말한다.
8_ 내가 어찌 갈라나 걱정할는지: 벗을 생각하는 마음이 실로 깊다.
9_ 가난하지만 참 아름답고 평화로운 풍경이다. 지나가는 시간을 참 잘 붙들어 매고 있
   다. 말은 평이하지만 이른바 천기(天璣)의 활발발(活潑潑)함이 느껴지는 시다.

## 8

마간석(馬肝石)[10]으로 열 개 벼루 만드느라
손수 돌을 깎고 손수 돌 쪼네.
명(銘)[11]을 새기길, "강함은 부드러움 해치니
강하여 깨지지 않도록 조심하게나!"

—

馬肝石硯十, 手琢又手鎚. 銘曰剛戕柔, 剛敗戒之哉.


## 9

마을 사람이 소 잡았다고
여종이 달려와 말을 하기에
돈을 보내 고기 사서 국 끓였더니
아니 정말 풀뿌리보다 훨 낫구나.

—

里人刑大武, 赤脚爲來言. 送錢買作羹, 果然勝菜根.

---

10_ 마간석(馬肝石): 돌의 한 종류로, 벼루를 만드는 데 쓴다. 중국의 단주(端州)·심계
(深溪)에서 나며, 말의 간(肝)처럼 자줏빛으로 보이는 것을 상품(上品)으로 친다.

11_ 명(銘): 벼루 등의 기물(器物)에 새긴, 교훈이 되는 글을 이르는 말.

## 10

한가위 하루 전날은
서쪽 나루에서 사람들 배 다투더니[12]
한가위 하루 지난 오늘은
동대문에 사람들 바글바글하이.

—

嘉排前一日, 西津人爭船. 嘉排後一日, 東門人磨肩.


## 11

들으니 강원도 북쪽 땅은
가뭄과 메뚜기로 풀 하나 없어
살던 사람 서캐처럼 싹 흩어져
이고 지고 평안도로 가고 있다고.

—

聞道關東北, 旱蝗無一艸. 居民散如虱, 扶携入西道.

---

**12**_ 서쪽 나루에서 사람들 배 다투더니: 배에 먼저 타려고 서로 다툰다는 말.

## 12

8월이라 15일 한가위에
사당[13]에 알현해 재배하누나.
비 때문에 산소에 가지 못하니
마음으로 축문(祝文)을 읽을 수밖에.[14]

—

八月十五日, 再拜謁于廟. 有雨未上山, 心中敢昭告.


## 13

비 그쳐 벗에게 가고 싶지만
옆집 사람 나막신[15] 안 빌려 주누만.
올해 춘정월(春正月)에
유목화(油木靴)[16]를 그만 도둑맞았지 뭔가.

—

雨歇欲尋朋, 隣屐借不許. 今年春正月, 盜竊油鞋去.

---

13_ 사당: 집의 사당을 말한다. 예전에 양반집에는 사당이 있어 명절이나 기일(忌日)에
는 물론이고, 집안에 대소사(大小事)가 있을 때마다 사당에 모신 신주(神主)에 절
을 하고 사연을 고하였다.
14_ 비 때문에~수밖에: 산소에 가 축문을 읽지 못하니 집에서 마음으로 축문을 읽는
다는 말.
15_ 나막신: 땅이 질 때 신는 신이다. 비가 그친 직후라 나막신이 필요했을 것이다.
16_ 유목화(油木靴): 진 땅에서 신는, 기름 먹인 목화(木靴)를 말한다. '유화'(油靴) 혹
은 '이화'(泥靴)라고도 한다.

# 비 반기는 노래

가뭄 걱정하는 시 어제 짓더니
비 반기는 노래 오늘 짓는군.
가뭄 걱정하는 시에는 탄식이 많더니
비 반기는 노래에는 기쁨이 많아라.
지난 임인(壬寅) 계묘(癸卯)년[1]부터
때에 맞춰 비 안 와 뒤숭숭했지.
대보름날 달빛에 붉은 기운 많아
식자들 한숨 푹푹 쉬었더랬지.[2]
새벽에 일어나니 구름 가득하고
날 저물자 뜨락의 나무에 찬바람 부네.
돈 많은 사람은 다투어 쌀 사들이는데
가난한 사람은 어찌해야 하나.
내 비록 용미차(龍尾車)[3]를 제작했지만
사람들 쓰지 않으니 소용이 없네.
임금님은 백성을 걱정하셔서
강마다 대신(大臣) 보내 빌게 하였네.[4]
이날 쏴아쏴 동풍이 불고

---

1_ 지난 임인(壬寅) 계묘(癸卯)년: 임인(壬寅)은 정조 6년인 1782년이고, 계묘(癸卯)는
   그 이듬해인 1783년이다.
2_ 대보름날~쉬었더랬지: 대보름날 밤에 뜬 달에 붉은 기운이 많으면 그 해는 가물고
   흉년이 든다는 속신(俗信)이 있었다.
3_ 용미차(龍尾車): 용미차는 저지대의 물을 고지대로 끌어올리는 기구로, 원래 네덜란
   드에서 발명된 수차(水車)인데, 명말(明末)에 서양인 선교사에 의해 중국에 전래되
   었으며, 서광계(徐光啓)의 『농정전서』(農政全書)에 그 제도가 소개된 바 있다. 우리
   나라는 영조·정조 연간에 와서 이에 관심을 갖기 시작하였다. 특히 1782년 이래 가

해오라기 울며 북으로 날아가더니
7년 대한(大旱)에 탕(蕩)임금이 비 내리게 했듯[5]
창해(滄海) 만리에 비 죽죽 쏟아지누나.
보리만 푸릇푸릇한가 강산도 또렷하고
논에 산들바람 부니 찰랑찰랑 물이 움직이네.
밥 달라고 아이 보채도 괴롭지 않네
풍년 들면 배불리 먹일 수 있을 테니.

———

昨日悶旱詩, 今日喜雨歌. 悶旱詩成嗷其嘆, 喜雨歌成歡聲多. 粤自壬癸歲不
登, 時雨不降時不和. 上元月色赤如火, 識者見之長咨嗟. 淸晨起看密雲布, 日
晡寒風吹庭柯. 富人爭糶米, 貧人奈如何. 不才製出龍尾車, 風俗不習安用他.
九重聖人憂慮深, 分遣大臣禱江河. 是日習習東風吹, 白鷺長鳴向北過. 桑林
古事不專美, 滄海萬里雨滂沱. 大麥靑靑江山明, 水田風輕生微波. 童穉索飯
啼莫苦, 豊年穰穰兒腹膰.

물이 계속 들어 1783년 정조는 서호수(徐浩修)의 상소에 따라 용미차를 제작케 하
는데 이때 서호수의 요청을 받은 유금이 용미차를 제작하게 된 것으로 보인다. 하지
만 당시 용미차가 제작되기는 했어도 그것이 민간에 반포되지는 못했다. 이 사실은
『정조실록』의 정조 7년 7월 4일조에 보인다.

4_ 강마다 대신(大臣) 보내 빌게 하였네: 강마다 기우제를 지내게 했다는 말.

5_ 7년 대한(大旱)에 탕(蕩)임금이 비 내리게 했듯: 탕임금 때 7년 동안 큰 가뭄이 들어
   탕임금이 몸소 상림(桑林)에 가 비를 빌었더니 사해(四海)에 구름이 운집하고 천 리
   에 비가 쏟아졌다는 전설이 있다. 『회남자』(淮南子)「주술훈」(主術訓)에 보인다.

# 병으로 누워 지내며

하늘이 내게 칠십까지 허락한다면
내 앞에 남은 해 스물세 해군.
수십 년 전 돌이켜 생각해 보면
어쩐지 꼭 수년 전 같네.
여기저기 나그네로 떠돌았었고
집에 오면 늘 굶주리었지.
옛사람의 글을 좀 보긴 했어도
천하를 놀라게 하지는 못했네.
이전부터 담박함을 좋아하여서
몸이 더럽혀질까 늘 걱정했었지.
사람을 만나는 건 꺼리지 않아
기탄없이 말하되 재주는 감췄네.
지금 병들어 누워 있으니
창가의 나무 퍽 청초하여라.
맑은 바람 뜨락의 나무에 불고
장미는 꽃망울이 맺혀 있고나.
몸 굽혀 새로 지은 시를 적다가

고개 들어 피어오르는 흰 구름 보네.

술을 본래 좋아하는 건 아니나

흥치가 이르면 술잔을 드네.

사내자식1_ 어리석어 책 안 읽어도

딸아이2_는 내 흰머리 참 잘도 뽑지.

벗은 뭐 하러 찾아오는지

주인이 이리 오래 누워 있는데.3_

———

假我活七十, 所有卄三在. 回思數十年, 宛轉如數載. 去去作羈旅, 歸家恒饑餒.

粗讀古人書, 未足驚四海. 宿昔甘澹泊, 常恐此身浼. 逢人無所辭, 敢言思韜彩.

今日維病臥, 窓樾頗爽塏. 淸風拂庭樹, 薔薇吐芳蕾. 俯身寫吾詩, 仰看白雲改.

性本不嗜酒, 意到引壺乃. 癡男雖不讀, 稚女能鑷鎧. 客來欲何爲, 主人久已悔.

———

1_ 사내자식: 유금의 외아들 유재공(柳在恭, 1773~1837)을 말한다. 유금과 마찬가지로 평생 포의(布衣)로 지냈다.

2_ 딸아이: 유금은 딸들을 평생 끔찍이 사랑했던 것 같다. 박제가의 문집에 보면 「밤에 유금을 방문하다」(원제 「야방유연옥」夜訪柳連玉)라는 시가 있는데, 그 서문에 "유금은 마침 책상에 기대어 두 딸아이의 재롱을 등잔 밑에서 보고 있다가" 운운한 말이 보인다.

3_ 벗은~있는데: 이 두 구절에서는 벗을 고마워하는 마음이 느껴진다. 자기가 제대로 상대해 줄 수도 없건만 벗은 자기를 보기 위해 찾아오지 않았는가. 시인은 이런 생각을 하며 이 구절을 썼을 것이다.

해설

# 기하실(幾何室) 유금(柳琴)과
# 『말똥구슬』

## 1

『말똥구슬』의 원제는 『양환집』(蜋丸集)이다. 『양환집』은, 흔히 '낭환집'으로 불리고 있으나 '양환집'이라고 해야 옳다. '양'(蜋)은 말똥구리라는 뜻이다. '양환'(蜋丸)은 말똥구리가 굴리는 말똥, 즉 말똥구슬을 말한다. 그러므로 '말똥구슬'이라는 이 역시집(譯詩集) 제목은 원제를 그대로 옮긴 것이라 할 것이다.

'양환집'이라는 시집 이름은, 연암 박지원이 이 시집에 써 준 서문인 「양환집서」(蜋丸集序)를 통해 진작에 알려져 있었다. 나는 『연암을 읽는다』라는 책에서 박지원의 이 글을 자세히 분석해 보인 바 있다. 박지원의 이 글은 희한한 기문(奇文)으로서, 『양환집』이 대체 어떤 시집인지 궁금증을 자아내기에 족하다. 하지만 유감스럽게도 그간 우리 학계는 『양환집』을 쓴 시인이 누군지 알 수 없었으며, 『양환집』이라는 시집의 현전(現傳) 여부에 대해서도 알지 못하고 있었다. 그러던 중 최근 김윤조 교수가 유곤(柳璭, 1744~1822. 유금의 동생)의 후손 집에 간직된 『양환집』

을 찾아내 학계에 소개함으로써 이 책의 존재가 세상에 알려짐과 동시에 그 작자가 유금(柳琴, 1741~1788)이라는 사실이 밝혀지게 되었다.[1]

나는 평소『양환집』의 정체에 큰 궁금증을 품어 왔던 터라 이 자료의 발견에 크게 환호하였다. 더구나 유금은 연암 일파의 한 사람이 아닌가. 나에게 있어 유금의『양환집』은 박지원의 「양환집서」와 늘 결부되어 상념되어 왔기에, 연암에 대한 나의 관심은 자연스럽게『양환집』에 대한 관심으로 이어졌다. 게다가『양환집』을 일별해 보니 그 시가 조용하면서도 충실하고, 목소리가 나직하되 그 울림은 깊어, 한국문학의 새로운 고전으로 삼는 데 부족함이 없었다. 9월에 개강하자 주변이 몹시 어수선하여 한곳에 틀어박혀 깊은 생각을 하기가 점점 어려워졌다. 그래서 나는 하던 일을 잠시 멈추고 이 시집의 번역에 착수하였다.


**2**


『말똥구슬』의 작자 유금은 저명한 실학자 유득공의 작은아버지다. 작은아버지라고는 하나 유금과는 나이 차가 일곱 살밖에 나지 않아 서로 아주 친밀하게 지냈다.

---

1_ 김윤조, 「기하 유금의 시에 대하여-『기하실시고략』의 분석」(『어문학』 85, 2004)에서 시에 대한 간략한 소개가 먼저 이루어졌고, 『한문학연구』 19(계명한문학회, 2005)에서 자료가 영인되어 소개되었다.

유금이라는 인간을 이해하는 데는 다음의 두 가지 사실이 특히 중요하다. 하나는 연암 박지원 일파의 한 사람이라는 점, 둘은 서출(庶出)이라는 점.

유금은 연암 박지원 주변의 사람들과 교유하면서 당대 조선이 안고 있는 문제점을 깨달으면서 북학(北學)의 지향을 공유해 갔던 것으로 보인다.[2] 그는 특히 서학(西學), 즉 당시 중국에 전래한 서양의 자연과학에 깊은 흥미를 느껴 기하학·천문학·기계 제작 등에 있어 상당히 깊은 경지에까지 들어갔던 듯하다. 남산 아래 살 때 자신의 집 서재 이름을 '기하실'(幾何室)이라고 붙여 이를 자호(自號)로 삼았다든가, 네덜란드에서 발명되어 명말(明末) 중국에 전래된 수차(水車)인 용미차(龍尾車)를 조정의 분부에 따라 제작한 일 등에서 그 점을 확인할 수 있다. 이와 관련해서는 다음의 두 기록이 참조된다.

(1) 나(서유구-인용자)는 언젠가 남산의 비탈에 있는 그 집(유금의 집-인용자)을 방문한 적이 있는데 집에 '기하실'이라는 편액이 걸려 있었다. (……) 방의 좌우에는 온통 천문 역법과 관련된 책들이었다.[3]

(2) 정조(正祖) 10년(1786) 조정에서 수차(水車)를 만들자는

---

2_ 유금에 대한 선구적 연구는 오수경 교수에 의해 이루어졌다. 오수경, 『연암그룹 연구』(한빛, 2003)의 제7장 「幾何 柳琴」이 그것이다. 오수경 교수는 유금과 관련된 많은 자료를 찾아내 제시하고 있는데, 필자의 이 글은 그에 빚지고 있는 바 크다.
3_ 서유구(徐有榘), 「기하실기」(幾何室記), 『풍석고협집』(楓石鼓篋集) 권2.

논의가 있어 일을 책임진 사람이 기하공(유금-인용자)에게 용미차 만드는 방법에 대해 물었다. 이 일로 정조께서 기하공 이름을 아시게 되어 경연(經筵: 임금에게 경전을 강론하는 자리)의 신하들에게 "유금은 재주 있는 사람인 것 같구나"라고 하셨다. 하지만 공은 얼마 안 있어 타계하는 바람에 세상에 그 재주를 펴 보지 못했다. 아아, 재주가 있으면서도 정조 치하에서 그 재주를 발휘하지 못했으니 이는 천명이라 하겠다.[4]

(1)은 『임원경제지』(林園經濟志)의 저자 서유구의 말이다. 유금은 서유구의 숙사(塾師: 가정교사)였다. (2)는 유득공의 말인데, 여기에는 약간의 착오가 있는 듯하다. 유금이 용미차를 제작한 것은 정조 10년이 아니라 정조 7년인 1783년의 일이다. 이해 극심한 가뭄이 들어 이조판서로 있던 서호수(徐浩修, 서유구의 아버지임)가 상소를 올려 용미차 제작을 건의한바 정조는 이 건의를 받아들였다.[5] 유금은 이때 서호수의 요청에 따라 용미차를 제작했던 것 같다. 하지만 당시 조정에서는 용미차를 시험 제작하기는 했으나 그것을 민간에 반포하지는 않았다.

유금은 평생 포의로 살다가 정조 12년인 1788년 세상을 하직하였다. 세상을 향한 뜻과 빼어난 재주가 있는 인물이었지만 끝내 벼슬에 기용되지 못했던 것이다. 인용문 (2)에 보이는 "재

---

[4] 유득공, 「숙부 기하선생 묘지명」(叔父幾何先生墓誌銘), 『영재집』(泠齋集) 권6.
[5] 『정조실록』, 정조 7년 7월 4일조 참조.

주가 있으면서도 정조 치하에서 그 재주를 발휘하지 못했"다 함은 이를 말한다. 유금은 왜 평생 포의로 살아야 했을까? 신분이 서얼이었기 때문이다. 동아시아의 인접 국가인 중국이나 일본과 달리 조선에서는 서얼에 대한 극심한 차별이 있었다. 서얼은 벼슬에 진출하는 길이 막혀 있었고, 정식의 사대부로 대접받지 못했다. 이는 기득권을 유지하려는 사대부 계급의 자기모순의 결과였다. 그 결과 능력이 있거나 경륜을 지닌 수많은 서얼들이 울분과 한탄 속에서 생을 마감해야 했다. 이덕무는 어떤 편지에서 서얼의 처지에 대해 이렇게 말하고 있다.

우리나라의 서얼은 나라에서 사회적·정치적 진출을 금하고 있고, 문중(門中) 사람들도 그 존재를 대단히 수치스럽게 여긴다오. 보통의 선비들은 서얼과 대화를 나누는 걸 부끄러워하고, 하층민도 서얼을 비웃고 꾸짖으니, 서얼은 거의 인간 부류에 끼지 못한다 할 것이오. 서얼 중의 어진 자는 욕을 먹고, 간특한 자는 죄를 짓기 십상이니, 처신하기가 참으로 어렵다 하겠소.6_

스스로도 서얼이었던 이덕무의 회한에 찬 말이다. 1779년(정조 3년) 6월, 정조는 서얼 금고(禁錮: 정치적 진출을 금하는

---

6_ 이덕무, 「족질복초」(族姪復初), 서이(書二), 『아정유고』(雅亭遺稿) 권8, 『청장관전서』 권16.

것)의 문제점을 완화하고 자신의 정책 구상을 뒷받침하기 위해 검서관(檢書官)이라는 직책을 신설하여 네 명의 서얼을 이 자리에 임명하였다. 하지만 이것은 제스처에 불과할 뿐 서얼의 모순 해결과는 거리가 멀었다. 대다수 서얼들은 여전히 불만과 가난과 사회적 멸시 속에서 일생을 마쳐야 했다.

조선 후기에 오면 서얼의 수가 크게 늘어나 사회적 모순이 더욱 심화되었다. 17세기 초에 허균이 『홍길동전』을 써서 서얼 문제를 크게 부각시켰고, 그 이후로도 서얼의 금고를 풀어야 한다는 주장이 꾸준히 제기되었지만 현실은 바뀌지 않았다. 하지만 18세기인 영·정조 대에 이르러 서얼층은 학술, 문학, 예술 방면에서 두드러진 성과를 보여 주기에 이른다. 과거(科擧)를 통한 출세가 불가능했기에(서얼은 소과小科에는 응시할 수 있었지만 대과大科에는 응시할 수 없었다) 과거 공부 대신에 학문에 매진하거나 문예에 힘을 쏟은 결과였다. 요컨대 한편으로는 곤고(困苦)하면서도 한편으로는 현실로부터 상대적으로 자유로웠던 이들의 존재 조건이 이들로 하여금 새로운 '정신의 왕국'에 거주하도록 추동(推動)했던 셈이다. 그들은 이 정신의 왕국에서 새로운 조선을 꿈꾸기도 하고, 새로운 기분과 새로운 감수성의 문학을 모색하기도 했으며, 분만감(憤懣感)을 잊기 위해, 그리고 초월을 위해, 예술에 탐닉하기도 하였다. 박제가, 이봉환, 이옥, 이인상이 바로 그런 사람들이다.

유금 역시 바로 이런 역사적 지형(地形) 속에 위치해 있는 인물이다. 다만 주목되는 점은 그가 서얼이면서도 연암 일파의 일원이었다는 사실이다. 연암 주변에는 서얼 지식인이 퍽 많았다. 당대 사회의 모순과 허위의식을 통렬하게 비판하면서 안티적 자세로 새로운 조선을 모색해 갔던 연암의 사상적·인간적 지향과 서얼 지식인들의 요구가 서로 맞물려 떨어진 결과일 터이다. 연암 주변에는 유금 외에도 이덕무·유득공·박제가 등의 서얼 지식인이 몰려들었다. 그뿐만이 아니다. 이희경·이희명 형제, 서상수, 윤가기, 백동수 등등 당대에 이름을 떨친 서얼층 인물들이 연암을 종유(從遊)하거나 그 문하에 출입하고 있었다. 연암 주변의 이들 서얼층 인물들은 비록 그 관심사나 전공은 사람마다 다르다 할지라도 하나의 뚜렷한 공통점을 보여 주고 있다. 그것은 다름 아닌 '실학'에의 지향이다. 이들의 실학은 이용후생(利用厚生)과 북학(北學)을 강조한 담헌 홍대용과 연암의 사고에 그 연원을 두고 있다고 판단된다. 그리하여 학문에 있어서는 공리공론을 배격하면서 현실적이고 실용적인 태도를 취했으며, 문학과 예술에 있어서는 개방적이고 진취적이며 진실된 태도를 견지하였다. 그러므로 유금이라는 인간을 깊이 있게 이해하기 위해서는 유금이 소속된 이들 지식인 집단의 성향을 대강이라도 파악해 두지 않으면 안 된다.

유금은 단지 시인이기만 한 것은 아니다. 그는 시인이면서도 자연과학자였고, 그와 동시에 전각(篆刻)과 해금과 거문고에 능한 예술가이기도 하였다. 유금의 전각가로서의 면모는, 유금이 편찬한 인보(印譜)에 써 준 연암의 서문을 통해 잘 알 수 있다. 「유씨도서보서」(柳氏圖書譜序)라는 이 글에서 연암은 도장 새기는 데에 열중하고 있는 유금의 모습을 자세히 묘사해 놓았다. 당시 동아시아에서 전각은 시·서·화와 함께 독자적인 하나의 예술 영역을 구축하고 있었다. 한편, 예술가로서 유금의 면모는 아래의 인용문들을 통해 확인할 수 있다.

(1) 유금은 거문고에 벽(癖)이 있어 스스로 이름을 '금'(琴: 거문고라는 뜻)이라 고쳤고, 자(字)를 '탄소'(彈素: 줄 없는 거문고를 탄다는 뜻)라고 지었다.7_

(2) 희미한 달이 어스레하거늘 이런 때 벗을 안 본다면 벗은 두어 뭐 하겠는가. 그래서 돈 열 푼을 손에 쥐고 「이소」(離騷)를 품에 안고서는 백탑(白塔) 북쪽에 있는 착암(窄菴, 유금의 호)의 집 문을 두드려 술을 사다가 마셨다. 당시 유금은 안석(案席)에 기대어 어린 두 딸이 등불 아래에서 재롱 떠는 것을

---

7_ 서유구,「송원사 곡기하자」(送遠辭, 哭幾何子),『풍석고협집』권5.

보고 있었는데 내가 온 걸 보고는 일어나 해금을 연주하였다. 이윽고 눈이 내려 뜰에 가득하였다. 우리는 각자 시를 읊조려 작은 종이에다 종횡으로 썼으며, 이 모임을 '해금 아회(雅會)'라고 이름하였다. 그리고 무관(懋官, 이덕무의 자)의 집으로 가서 자고 있는 무관을 깨우자고 하였다. 마침내 나는 이런 노래를 지었다.

> 올 때는 달이 희미하더만
> 술 취하자 눈이 잔뜩 쌓였군.
> 친구가 없다면
> 내 어이 견디리.
> 나는 「이소」를 안고
> 그대는 해금을 품고
> 이 밤에 문을 나서
> 무관을 찾아가세.

이날 밤, 청장관(靑莊館: 이덕무의 서재 이름)에서 잠시 눈을 붙였다.[8]

(1)을 통해 유금이 거문고를 얼마나 혹애(酷愛)했는지 알 수 있다. 유금은 처음 이름이 유연(柳璉)이었는데, 36세 때인 1776년 중국에 다녀온 뒤 유금으로 개명하였다. 위에서 밝히고 있듯

---

8_ 박제가, 「야방유연옥」(夜訪柳連玉)의 서(序), 『정유시집』(貞蕤詩集) 권1.

거문고를 사랑해서였다.

(2)는 박제가의 말이다. 때는 1769년 겨울이다. 유금은 거문고만이 아니라 해금에도 조예가 깊었다. 눈 오는 겨울밤 박제가에게 해금을 들려주는 유금의 모습이 선연히 떠오른다.

당시 유금의 집은 백탑(白塔) 북쪽, 즉 지금의 종로구 경운동에 있었다. 백탑이란 지금의 서울시 종로구 탑골 공원에 있는 옛 원각사의 10층 석탑을 말한다. 이 탑은 대리석으로 만들어졌는데, 흰빛을 띠고 있어 백탑이라고 불렀다. 당시 박지원을 비롯해 유금, 유득공, 이덕무, 서상수, 이응정(李應鼎), 이서구 등이 이 탑 부근에 살면서 동인적 유대 속에서 학문과 문학과 예술을 꽃피워 갔다. 그 동인 중의 한 사람인 이희경(李喜經)은 1773년, 박지원·이덕무·박제가·유금·유득공 등의 시문과 편지를 모아 『백탑청연집』(白塔淸緣集: 백탑에서의 맑은 인연을 기념하는 책이라는 뜻)이라는 책을 엮기도 했다. 박지원은 「술에 취해 운종교를 밟았던 일을 적은 글」(원제 「취답운종교기」醉踏雲從橋記)에서 유금에 대하여 이렇게 언급하고 있다.

그러다가 현현(玄玄)의 집을 찾아가 술을 더 마셨다. 우리는 크게 취하여 운종교를 밟으며 난간에 기대어 대화를 나누었다. 그 옛날 대보름날 밤에 연옥(連玉, 유금)이 이 다리 위에

서 춤을 춘 적이 있다. 그리고 우리는 백석(白石)의 집에 가
차를 마셨더랬다. 혜풍(惠風, 유득공)은 장난삼아 거위의 목
을 끌고 여러 번 빙빙 돌면서 마치 하인에게 뭔가를 분부하는
시늉을 하며 우리를 즐겁게 했다. 벌써 6년 전 일이다. 혜풍은
지금 남녘의 금강(錦江)에 노닐고 있고 연옥은 서쪽의 평안도
에 나가 있는데 다들 별고 없는지.[9]

여기서 보듯, 연암은 자기 마음속에 들어와 있는 유금을 이
루 말할 수 없이 다정한 필치로 그려 놓고 있다. 연암의 이 글은
1773년경 씌어진 것으로 추정된다. 그렇다면 유금이 운종교에서
춤을 춘 것은 1767년경의 일일 터이다.[10] 유금의 나이 스물일곱
살 때다.

이 무렵 유금이 가장 가까이했던 벗은 이덕무, 박제가, 윤가
기, 이 세 사람이었다. 이들은 모두 서얼로서 유금과 신분적 처
지가 같았다. 위의 인용문 (2)에 보이는 "친구가 없다면 / 내 어
이 견디리"라는 노래처럼, 이들에게 벗은 자기 존재감을 확인하
는 데 더없이 중대한 의미를 갖고 있었다. 이 점은 박제가의 다
음 시에서 잘 확인된다.

　(가) 초경(初更)에 유군(柳君)을 만나고

9_ 박희병, 『연암을 읽는다』(돌베개, 2006), 79면.
10_ 유금의 이런 행위가 갖는 사회적 의미는 박희병, 『연암을 읽는다』, 81면에서 논의
　　된 바 있다.

4경에 이자(李子)를 찾네.

오늘 밤도 반이 지났으니

이렇게 한 해가 저물 테지.[11]


(나) 동기(同氣) 아닌 형제요

각방 쓰는 부부일세.

사람에게 하루라도 벗이 없다면

좌우의 손을 잃은 것과 같네.[12]


(가)는 앞의 인용문 (2) 바로 뒤에 이어지는 시다. (2)는 바로 이 시의 서문에 해당한다. 그러므로 이 시 중의 '유군'(柳君)은 바로 유금이고, '이자'(李子)는 곧 이덕무다. 유금과 이덕무는 동갑이고, 박제가는 이들보다 아홉 살 아래였다. 이런 나이 차에도 불구하고 유금은 박제가와 돈독한 우정을 나누었다. 이들의 우정은 어떤 사회역사적 의미를 갖는 것일까? 이 물음에 답하기 위해서는 이들의 사회적 존재 조건에 유의할 필요가 있다. 이들은 서얼에 가해지는 사회적 차별에 울분과 모멸감을 느끼지 않을 수 없었고, 이 때문에 동병상련의 유대와 연대감을 깊이 형성해 가게 된 것으로 여겨진다. 거기에는 사회적으로 배제되고 고립된 자의 자기연민 같은 것이 작용하고 있는 것으로 느껴진다. 하

---

11_ 박제가, 「야방유연옥」(夜訪柳連玉), 『정유시집』 권1.
12_ 박제가, 「야숙강산」(夜宿薑山), 『정유시집』 권1.

루라도 보지 않으면 그리워지는 이 유별난 '우정'의 밑에는 이런 사회역사적 모순이 감춰져 있었던 것이다. (가)의 시에 대한 유금의 화답시에서 이 점이 잘 드러난다.

객(客)은 「이소」를 품에 안고서
눈 오는 날 밤 나를 찾았네.
그대의 불평스런 맘을 알기에
내 한 번 「광릉산」(廣陵散)을 연주하노라.

「이소」는 중국 춘추 시대 초나라의 충신 굴원이 조정에서 쫓겨나 자신의 시름을 읊은 부(賦)다. 박제가는 호가 '초정'(楚亭)인데, 「이소」와 같은 초사(楚辭)를 좋아해 스스로 이런 호를 지었다고 한다. 「이소」에는 슬픔과 원망의 감정이 짙게 담겨 있다. 박제가가 「이소」를 좋아한 것은 자신의 처지와 관련이 있을 것이다. 필시 신분적 제약으로 인한 슬픔과 우수 때문에 비슷한 정조를 담고 있는 「이소」에 이끌리게 되었을 터이다. 이 시 제4구의 '광릉산'은, 중국의 삼국 시대에 위(魏)나라 혜강(嵇康)이 잘 연주했다는 곡으로, 혜강은 후에 참소를 당해 처형될 때 이 곡을 연주하며 "「광릉산」은 이제 끊이게 됐구나!"라고 말했다고 한다.[13] 이런 고사를 염두에 둘 때, 이 시 제4구는 유금이 박제가

13_ 「혜강」(嵇康), 『진서』(晉書) 권49.

의 마음에 공감하여 비장한 선률의 악곡을 연주했음을 뜻한다.
당시 유금과 이덕무는 스물아홉 살이었으며, 박제가는 스무 살
이었다. 훗날 박제가가 유금을 애도하는 시에서 이 일을 거론하
고 있음으로 보아 이 일은 박제가의 뇌리에 아주 인상적인 일로
남아 있었던 듯하다. 박제가가 쓴 애도시는 다음과 같다.

높은 가지에 눈이 쌓이고
추운 날 주렴(珠簾)이 바람에 흔들릴 적에
문득 젊은 시절 생각하나니
탄소 집에서 밤에 술 마셨더랬지.
무릎에 해금 놓고 연주했지만
강개한 마음에 그 곡 결국 못 끝냈었지.
하늘에는 함박눈 펑펑 내려서
백탑이 새하얗게 눈으로 덮였지.
살랑살랑 등불 들고 가
자고 있는 무관의 잠을 깨웠지.
평생 머리 맞댈 수 있는 친구 몇이나 될까
이런 일 마침내 다시 할 수 없게 됐네.[14]

한편, 유금은 36세 때인 1776년 연행부사(燕行副使) 서호수

---

14_ 「사도시」(四悼詩), 『정유시집』 권2.

(徐浩修)를 수행해 중국에 간 적이 있다. 당시 유금은 이덕무, 유
득공, 박제가, 이서구, 이 네 사람의 시를 가려뽑아『한객건연집』
(韓客巾衍集, 일명 사가시집四家詩集)이라는 책을 엮어 중국에
소개한 바 있다. 이 때문에 이 네 사람은 그 이름이 중국에 널리
알려지게 되었으며, 국내에서도 이른바 '사가시집'(四家詩集)의
시인으로 인구에 회자되었다.


### 3

『양환집』은 유금이 스스로 엮은 자신의 시집이다. 엮은 시기는
유금이 서른한 살 때인 1771년으로 추정된다. 이 시집에 수록된
시들은 대체로 1768년에서 1771년 사이에 창작된 것들이다.[15]
즉, 유금이 스물여덟에서 서른한 살 사이에 쓴 시들이다. 박지원
이 이 시집에 서문을 써 준 것은 그 서른다섯 살 때인 1771년으
로 여겨진다. 박지원의 이 서문에 언급되고 있듯 유금은 박지원
의 말을 취해 자신의 시집 이름을 '말똥구슬'이라고 명명하였다.
그리하여 이런 희한한 이름의 시집이 탄생하게 되었다.

'말똥구슬'이란 제목에는 '여의주'가 못 된다는 의미가 함축
되어 있다. 여의주가 고상하고·훌륭하고·위대하고·아름답고·

---

[15] 『양환집』은『기하실 시고략』(幾何室詩藥略)이라는 책 속에 들어 있다. 『양환집』은
『기하실 시고략』의 대부분을 점하고 있지만, 그렇다고 해서『기하실 시고략』이 곧
『양환집』은 아니다. 『기하실 시고략』에는 맨 앞에「술계」(述系)라는 제목의 백구
(百句)에 해당하는 장시가 한 편 실려 있고, 그에 이어 연암이 쓴 서문「길강전서」
(蛣蜣轉序: 말똥구슬 서문이라는 뜻)가 나오고, 그 다음에 '기하공 시략'(幾何公詩
略)이라는 글씨 아래 52제(題) 63수(首)의 시가 필사되어 있다. 이들 시에는 각각
번호가 붙여져 있다. 번호는 그 순서가 일정하지 않다. 아마 창작연도를 고려해 번
호를 붙인 듯한데, 나중에 정리하기 위해서 그렇게 한 것 같다. 이런 점에서『기하

세련되고·빛나고·고귀한 것을 뜻한다면, 말똥구슬은 볼품없고·초라하고·하찮고·남루하고·비천한 것을 뜻한다. 유금은 자신의 시가 그렇다는 뜻으로 이런 제목을 붙인 것이리라. 하지만 이는 단순히 겸양을 표하기 위해서이거나 자기 비하를 위한 것은 아니라고 생각된다. 오히려 저 말똥구슬로 표상되는 작고, 보잘것없고, 비천한 것에 대한 자부심과 적극적 의미 부여가 있었기에 '감히' 이런 제목을 붙일 수 있었던 게 아닌가 짐작된다.

유금의 시에서는 다음의 몇 가지 특징이 주목된다.

첫째, 자욱한 안개와도 같은 우수(憂愁)가 시적 에스프리의 기저에 깔려 있다는 점. 「가을밤」이라는 시가 이 점을 잘 드러내 보여 준다. 다음은 그 전문이다.


온갖 풀에 서리 내리고

나뭇잎 시들어 지려고 하네.

기러기도 이미 다 떠났고

귀또리 소리도 성글어졌네.

한밤중의 쓸쓸한 달

조금조금 뜨락을 비추며 지나네.

집에서 우울함 풀 수가 없어

문을 나서 멀리 가고자 하나


실 시고략』 필사본은 난고(亂藁)에 가깝다. 연작시들조차 한데 필사되어 있지 않고, 일부는 여기에 다른 일부는 저기에 필사되어 있는 것들이 발견된다.

한편, 52제 63수의 시 바로 뒤에는 번호가 붙어 있지 않은 시들이 필사되어 있다. 본 역서의 「금릉에서 삼짇날에」 이하의 시들이 그에 해당되는데, 도합 8제(題) 27수(首)다. 이 시들 중에는 「병으로 누워 지내며」(원제 「병와」病臥)처럼 유금이 죽기 1년 전인 47세 때에 쓴 것으로 추정되는 작품도 포함되어 있다. 추측컨대 이 27수의 작품은 『양환집』에 실린 작품이 아닐 가능성이 높다. 27수의 시 뒤에는 「백화암부」(百華菴賦)라는 부(賦) 한 편과 「다심경첩서」(多心經帖序)라는 산문이 한

멀리 어디를 간단 말인가

배회하다 도로 문을 닫노라.


가을밤이란 무엇인가. 그것은, 하늘의 별이 더욱 뚜렷이 빛나고, 달은 더욱 쓸쓸해 보이며, 자기 자신과의 대면이 가장 깊어지는 시간이다. 바로 이 시간에 시인은 자신의 마음속에서 깊은 우수를 느끼게 된다. 이 우수는 어디에서 연유하는가. 하릴없이 집에 있을 수밖에 없는 자신의 처지에서 연유한다. 왜 하릴없는가. 사회적으로 자기를 실현할 수 있는 길이 차단되어 있기 때문이다. 시인은 그래서 문득 이 우수를 해소하고픈 마음에서 어디론가 훌쩍 떠나고자 한다. 하지만 마땅히 갈 데도 없다. 옛날 사람들은 이런 것을 '육침'(陸沈)이라고 했다. 땅에 있으면서 물속에 잠겨 있는 것 같은 상태, 그것이 바로 '육침'이다. 육침은 크나큰 고독감 내지 소외감을 수반한다. 우수를 풀기 위해 어디론가 훌쩍 떠나고자 했지만 어디 갈 데도 없는 시인은 다시 집으로 돌아온다. 이처럼 이 시는 마치 자신의 땅에서 유배된 자의 심정이랄까, 혹은 '국내 망명' 상태에 있는 자의 오도가도 못하는 절박한 심정 비슷한 것을 느끼게 해 준다. 이 점에서 이 시는 전망이 꽉 닫혀 있는 세계 속에 거주하는 시인의 쓸쓸하고 하릴없는 내면을 담담히 그려 놓고 있는 한 폭의 자화상이라 할 만하다.

---

편 실려 있다. 이상이 『기하실 시고략』의 전모다.

이렇게 볼 때, 「길강전서」 바로 뒤에 나오는, 번호가 매겨져 있는 52제 63수의 시들이 원래 『양환집』에 있던 시들이고, 그 뒤에 첨부되어 있는 8제 27수의 시는 따로 전하는 시들을 적어 놓은 것이 아닌가 생각되지만, 본 역서에서는 이 둘을 합해 도합 60제 90수를 번역하고, 책이름을 『말똥구슬』이라고 하였다.

그리하여 유금의 시는 김소월 등 일제 강점기를 산 시인의 하릴 없는 마음 밑바닥에 깔려 있는 우수와 비슷한 정서를 보여 주곤 하는데, 이 점 흥미롭다면 흥미롭다.

현실에 절망한 나머지 시인은 차라리 수공업이나 장사 일을 배워 볼까 하는 생각도 가져 보고, 세상을 떠나 농사를 지으며 살았으면 하는 생각을 해 보기도 한다. 하지만 그것은 다음에서 보듯 현실에서 실현될 수 없는 생각들이다.

나는 병신도 아닌
멀쩡한 사내건만
수공업과 장사 일 배우려 들면
선비들 모두 비루하게 여기네.

—「어찌할꺼나」 중에

그렇고 그런 30년 인생
부귀와는 담을 쌓았네.
(……)
농사지을 땅이나 조금 있으면
밭 갈며 자유롭게 살아갈 텐데.

—「한번 웃노라」 중에

조선 사회에서 양반은 수공업과 상업에 종사할 수 없게 되어 있었다. 비천한 일로 여긴 탓이다. 만일 양반이 그런 일을 하면 더러이 여겨 더 이상 양반으로 간주하지 않았다. 이 때문에 양반은 가난해 굶어 죽을지언정 생산직에 진출할 엄두를 낼 수 없었다. 이 점은 박지원의「양반전」에 잘 드러나 있다. 그렇다고 유금에게 자급자족하며 살 정도의 땅이 있었던 것도 아니다. 경기도 부평에 약간의 땅이 있었지만 생계를 안정적으로 꾸려 갈 정도는 못 되었던 것 같다. 이러하므로, 시인의 생애는 막막하기만 하다.

둘째, 벗에 대한 유별난 집착이 보인다는 점. 유금의 시편들에서는 벗에 대한 그리움이나 벗을 생각하는 간절한 마음이 대단히 도드라진다. 다음은 짤막한 시이긴 해도, 그런 시들 가운데 압권에 해당한다 이를 만하다.

이처럼 비 내리니 글쎄 형암(炯菴)은
남성(南城)에 대체 어찌 갈라나.
모를레라 그이도 집에 앉아서
내가 어찌 갈라나 걱정할지.
　　　—「무자년 한가위에 (……) 시를 읊으며 회포를 풀다」의 제6수 전문


유금이 28세 때인 1768년에 쓴 시다. '형암'은 이덕무를, '남

성'은 남한산성을 가리킨다. 당시 유금은 추석날 어머니 산소에 성묘 가고자 하였으나 비가 오는 바람에 뜻을 이루지 못했다. 그래서 회포를 풀 겸해서 13수의 연작시를 지었는데, 이 시는 그 중의 한 수다. 유금은 줄줄 내리는 비를 보면서, 형암은 이 비에 남한산성에 어찌 가려나 하고 생각하는 한편, 형암도 내가 자기를 생각하는 것처럼 이 비를 보면서 나를 생각하고 있을까 하고 상념하고 있다. 청승맞다는 느낌이 들 정도로 벗을 생각하는 마음이 애틋하고 간절하다. 시인의 이런 마음 상태, 혹은 마음의 지향은, 「부평에서 돌아와 윤삼소가 내포로 떠났다는 말을 듣고」나 「재선을 그리워하며」 같은 시에서도 똑같이 확인된다. 특히 다음 구절은 주목에 값한다.

> 내가 부평에 머물러 있을 땐
> 벗 그리워 어서 보고팠는데
> 이제 돌아와 보니
> 벗들은 모두 떠나고 없네.
> 제가(齊家)는 오래전에 관서에 노닐어
> 한 해가 저무는데 아직 안 돌아오네.
> 무관(懋官) 또한 추수하느라
> 지금 남쪽 땅에 머물고 있다지.

깊은 여항 나 홀로 앉아 있으니

돌아온 나그네 집 밖에 낙엽이 지네.

—「부평에서 돌아와 윤삼소가 내포로 떠났다는 말을 듣고」 중에

'제가'는『북학의』로 유명한 박제가를 말하고, '무관'은 이덕무를 말한다. 이들이 보고 싶어 부평에서 얼른 서울 집으로 돌아왔건만, 돌아와 보니 이들은 모두 서울을 떠나고 없다. 시인은 일종의 낭패감과 함께 깊은 적막감을 드러내 보이고 있다. 이런 낭패감과 적막감은 왜 깃드는 것일까. 조금 전 '육침'이라는 말을 했지만, 깊은 고독감 때문일 터이다. 이 고독감이 사회적 소외에서 비롯됨은 말할 나위도 없다. 말하자면 사회적 '타자'(他者)로서의 존재감이 시인으로 하여금 '동일한 타자=벗'에 대한 강렬한 집착을 낳게 된 것으로 이해된다. 자신의 땅에서 유배된 자들의 유별난 유대인 셈이다.

셋째, 집을 그리워하는 나그네의 심정이 표나게 드러나 있다는 점. 유금의 시편들 중에는 나그네가 되어 세상을 떠도는 자의 근심 어린 마음과 집을 그리워하는 마음을 담고 있는 것들이 상당히 많다. 다음과 같은 시구들에서 그 점을 확인할 수 있다.

(1)

집 떠난 지 이미 며칠이라서

먼 나그네는 수심이 많아라.

고요히 누우니 벌레 우는 소리 들려

문득 내 집의 가을 같아라.

— 「강가 누각에서 밤에 자다」 제1수 전문


(2)

객지에 있으니 돌아가고픈데

마을의 첩첩한 산들 어둑하여라.

밤에 앉은 타향의 나그네

하늘가 익숙한 별을 보누나.

(……)

집안 일들 어슴푸레히

비썩 마른 나그네 눈에 떠오르누나.

— 「밤에 범박골에서 자다」 중에


(3)

나그네라 추운 밤을 걱정하게 되고

집 생각에 먼 하늘을 근심스레 보네.

깊은 골목은 나무 성글고

마을에는 흰 연기 하늘하늘 오르네.

—「오리의 저녁 흥치」 중에


(4)

가련타 사람은 바람에 날리는 버들개지 같아

집이 남산인데 몸은 서쪽에 있어라.

—「금릉에서 삼짇날에」 중에


이들 시구에서 보듯 집 떠난 시인은 수심 속에서 집을 그리워하고 있다. 늘 집을 그리워하다 보니 객지에서 듣는 벌레 울음소리에서도 집에서 듣던 벌레 울음소리를 연상하게 되고, 객지에서 보는 밤하늘의 별에서도 집에서 보던 밤하늘의 별을 떠올리게 된다. 그리고 이런 마음 위에 객지의 풍경이 살그머니 얹힌다. 그러면 (3)의 세번째, 네번째 시구처럼 여운이 깊으면서도 어쩐지 쓸쓸한 경구(驚句: 사람을 놀라게 하는 훌륭한 시구)가 만들어지곤 한다. 유금은 시에서 자신의 몸을 좀처럼 드러내는 법이 없다. 이 점에서 (2)는 예외적이다. '비썩 마른'이라는 형용어를 통해 우리는 시인에게 모처럼 육체적으로 다가갈 수 있다. '비썩 마른'이라는 형용어와 '나그네'라는 명사가 서로 결합됨으로써

세상을 떠도는 시인의 자태는 구체적 육화(肉化)를 얻고 있다.

그런데 시인은 왜 이리 나그네로 전전하고 있는 것일까? 아마도 생계 때문으로 짐작된다. 시인이 나그네로서 머물고 있는 곳은 대개 서울에서 그리 멀지 않은 곳들이다. 유금은 딱히 별로 할 일도 없으며, 특별한 수입이 있는 것도 아니다. 추측컨대, 시인은 남의 전장(田庄) 일을 봐주러 다닌 게 아닌가 싶다. 그리고 그 대가로 약간의 보수를 받았을지 모른다. 이런 일들은 어쩔 수 없이 하는 일들이다. 그러니 피곤할 수밖에 없다. 다음 시는 그 점을 말하고 있는 것으로 보인다.

> 인생은 만사에 분주하나니
> 풍진 세상 쫓아다닐 일 왜 그리 많은지.
> (……)
> 문득 깨닫네 몸이 피곤한 건
> 고생하며 왔다갔다 하는 데 있음을.
>
> ―「서쪽 교외로 가는 도중에」 중에

넷째, 집과 가족에 대한 강한 애착을 보여 준다는 점. 유금의 시에서 집에 대한 그리움의 정서가 유별나다는 점을 방금 살핀 바 있지만, 유금의 시는 집과 가족에 대단한 애착을 보여 준다.

조선 시대의 시인들 중 집과 가족에 애착을 보이지 않은 시인이 어디 있느냐고 반문할 사람이 있을지 모르지만, 유금의 경우 그 도가 아주 심하다는 사실을 부정하기 어렵다. 그러므로 이 점은 이 시인의 개성을 보여 주는 것이라 할 만하다. 『말똥구슬』에서 가장 선명히 형상화되고 있는 시인의 가족은 아내와 딸이다. 다음 시들을 보자.

(1)
옛날의 여군자를 어긴 적 없지만
지금의 내 아내는 몸이 아파라.
한집에서 서로서로 병 걱정하고
8년을 가난하게 함께 살았네.

—「아내에게」 전문

(2)
아픈 아내 살그머니 부엌에 들어가
밥하는 것 객이 알까 조바심 내네.

—「이여강이 오다」 중에

(3)

큰딸은 처마의 낙숫물로 장난치고 있고

막내딸은 침상에서 자고 있어라.

그 어미는 서쪽 창 아래에 앉아

눈을 깔고 무명을 손질하고 있네.

— 「무자년 한가위에 (……) 시를 읊으며 회포를 풀다」의 제7수 전문

(4)

윤5월 되니 앵무정사는

붉은 석류꽃 창에 가득네.

(……)

어린 딸 일없이 마당에 내려와

풀이삭 뽑아 청삽사리 만드는고녀.

— 「여름날 눈앞의 풍경」 중에

아픈 아내를 바라보는 시인의 눈에서는 따뜻함은 물론이려
니와 걱정하고 가슴 아파하는 눈길이 느껴진다. 시인의 두 눈에
들어온 딸들은 너무나 귀엽고 사랑스럽다. 시인은 그윽한 눈길
로 딸들을 바라보고 있다. 특히 (3)은 가난한 유금 가족의 평화
로운 한때를 마치 한 장의 사진에 박듯이 그려 놓고 있다. 주목

되는 것은 역시 시인의 '시선'이다. 시인은 뜨락의 큰딸을 바라보다가 눈길을 돌려서 방 안의 침상에서 쌔근쌔근 자고 있는 작은 딸을 바라본다. 그리고 다시 눈길을 돌려 서쪽 창문 아래에 앉아 무명을 손질하고 있는 아내를 바라본다. 비가 와 어두침침해진 까닭에 창 아래 앉아 일을 하고 있는 것일 터이다. 이처럼 이 시에서는 시인의 동적(動的) 시선에 의해 가족의 평화로운 한때가 사뭇 정적(靜的)으로 포착되고 있다. 그 시선은 한없이 보드랍고 따뜻하다. 시인의 이런 시선을 통해 몹시 가난하긴 해도 더없이 화목한 이 가족의 삶이 독자의 마음에 스며들게 된다.

이쯤에서 유금이 왜 이토록 가족과 집에 애착을 보였는지 한 번 생각해 보기로 하자. 나는 그것이 유금의 사회적 소외감과 깊은 관련이 있다고 생각한다. 물론 사회적으로 소외된 사람이라고 모두 다 가족과 집에 유별난 애착을 보이는 것은 아니다. 도리어 가족을 학대하거나 방기(放棄)하는 사람도 얼마든지 있을 수 있다. 하지만 중요한 것은, 적어도 유금의 경우, 자신의 사회적 고립감을 견뎌 내는 유력한 심리적 대응 방식의 하나가 바로 집과 가족에 대한 애착이 아닌가 하는 점이다. 유금에게 집과 가족은 말하자면 '최후의 보루'와 같은 것이었다. 그러므로 피곤하면 피곤할수록, 그리고 지치면 지칠수록, 유금은 더욱더 집과 가족을 생각하면서 귀소 본능(歸巢本能)에 가까운 태도를 보여 주는 것으로 여겨진다.

다섯째, 농사꾼, 어부, 장사치, 여종 등 미천한 사람들에 대한 '민중적' 시선이 현저하다는 점. '민중적'이라는 단어에 따옴표를 한 것에 유의해 주기 바란다. 단지 하층민을 노래하고 있다는 것만으로 '민중적'이라는 말을 사용할 수는 없다. 사대부 지배층의 입장에서 하층민을 노래할 수도 있기 때문이다. 그럴 경우 비록 애민적(愛民的) 태도를 취하고 있다 할지라도 시인과 대상 간에는 어쩔 수 없는 거리감이 있게 마련이다. 일종의 시혜적 입장을 벗어나지 못함으로써다. 그런데 유금의 시에서는 이런 거리감이 거의 느껴지지 않는다. 서얼 작가의 시라고 해서 다 그런 것은 아니다. 이덕무나 박제가의 한시는 꼭 그렇지는 않기 때문이다. 같은 서얼층 작가이면서 유금은 왜 다른 사람들과 달리 이렇게 튼실한 민중적 시선을 견지할 수 있었을까? 다른 이유가 있을지도 모르지만 지금으로서는 일단 유금의 개성으로 돌릴 수밖에 없다. 이덕무는 아주 조신한 사람이고, 박제가는 자긍심이 강한 사람이라면, 유득공은 온화한 사람이라는 당시의 평가가 있다. 유득공의 숙부 유금 역시 온화한 사람이었다고 생각된다. 이런 성격이었던데다가 유금의 처지는 아주 가난해 도시 서민의 경제 사정보다 나을 것도 없는 삶을 살고 있었다. 게다가 유금은 이덕무나 박제가가 갖고 있지 않은 공학적 재능을 갖고 있었던

바, 이 때문에 물건을 제작하는 수공업 같은 것에 상대적으로 더 친화감을 가질 수 있지 않았을까 생각된다. 그러므로 "나는 병신도 아닌 / 멀쩡한 사내건만 / 수공업과 장사 일 배우려 들면 / 선비들 모두 비루하게 여기네"(「어찌할꺼나」)라는 시구는 그냥 레토릭으로 한 말만은 아니라고 생각된다.

유금에게는 종이라고는 달랑 여종 한 사람이 있었다. 다음은 그 여종에 대해 읊은 시다.

동이에 찬 물 마당에 내다버리며
비 새어도 풍년이 들려나 여길 뿐이네.
띠 새로 안 입힌 건 말하지 않고
해 늦게 나옴만 원망하누나.
주인으로서 가여운 마음이 들고
혼자 편히 잔 게 부끄럽고나.
아침에 일어나 그 고생 위로하고서
(……)
그 옛날 내가 성남 살 적에
집이 몹시 가난했었지.
매년 여름 어찌 그리 비가 많던지
창으로 비 마구 들이치곤 했지.

책이라고 빗물에 안 젖을손가

때로 펴서 말리면 서글펐었지.

여종이여 신세 한탄할 것 없네

고생 지나면 반드시 낙이 오나니.

—「큰비」 중에

인용된 시의 제1·2·3·4구는 여종이 그런다는 말이다. 올해 봄은 지붕에 띠를 새로 입히지 않아 행랑에 사는 여종 방에 비가 샌다. 그렇건만 여종은 띠 안 입힌 건 말하지 않고, 비가 많이 오니 풍년이 들려나 하고 말할 뿐이다. 기실 여종의 순후한 마음을 기리는 말이다. 아침에 일어나자 시인은 주인으로서 미안한 마음이 들어 여종을 위로한다. 이 위로는 현실을 바꾸는 데는 무력할지 모르지만 그럼에도 사람의 진실된 마음이 담겨 있는 위로다. "그 옛날 내가 성남 살 적에"라는 시구 이하는 특히 주목할 필요가 있다. 시인 자신의 가난에 대한 체험이 남에 대한 이해와 깊은 연민으로 연결되고 있음을 보여 주는 대목이기 때문이다. 유금이 하층민의 처지에 공감하면서 그들과 비교적 스스럼없는 관계를 맺을 수 있었던 것은 이런 자신의 체험이 바탕에 있었기에 가능하지 않았나 생각된다. 다른 시를 좀 더 보기로 하자.

발 아래 물은 찰랑거리고

손에 잡은 낫은 민첩하여라.

조금씩조금씩 허리 펴고 허리 굽히며

누에 뽕잎 먹듯 저마다 베어나가네.

발 옮기면 물이 첨벙첨벙하고

밑동은 칼로 자른 듯 뾰족하여라.

거머리가 장딴지에 달라붙어서

손으로 떼니 검붉은 피가 흐르네.

—「벼베기 노래」 전문

　이 시는 가을날 벼 베는 장면을 읊은 것이다. 아마도 시인이
이 시의 현장 속에서 노동하고 있지는 않을 터이다. 하지만 그런
사실은 별로 중요하지 않다. 중요한 것은, 대상을 노래하는 '태도
그 자체'다. 이 시에서 시인의 시선은 결코 벼를 베는 사람들보다
높은 위치에 있지 않으며, 정확히 벼를 베는 사람의 눈높이에 맞
춰져 있다. 다시 말해 벼 베는 농부의 입장에서 노래하고 있다.
바로 이 점이 중요하다. 이 때문에 이 시는 멀찌감치 서서 전원
을 바라보는 태도가 아닌, 노동의 현장에서 농부의 삶을 실제 그
대로 조곤조곤 읊조리는 태도를 취하고 있다. 그래서 거머리가
장딴지에 달라붙었다든가 거머리를 손으로 잡아떼니 검붉은 피

가 흘렀다는 시구가 읊조려질 수 있었다. 그러므로, 이 시는 '민중적'이다. 이 시 외에도 「농가」라든가 「두물에서 물고기 잡는 것을 보다」, 「농부의 집」 같은 작품도 주목된다. 특히 「농부의 집」 제 2수,

> 세 살배기 어린 소 한번 밭 갈려 보거늘
> 흙집의 아이 울어 대네 어미 물 긷는데.
> 아무쪼록 올 봄엔 비 많이 왔으면
> 담장에 복사꽃 피어도 예쁜 줄 모르니.

의 제3·4구는 이른바 자유간접화법에 해당하는 것으로 주목을 요한다. 시인의 말처럼 보이지만 이는 실은 농부의 말이다. 아니, 좀 더 정확히 말한다면 이 시구는 시인의 마음과 농부의 마음이 하나로 융합되면서 발화(發話)된 것이라고 해야 옳다. 농부의 입장에 최대한 다가가지 않으면 이런 언어형식과 내용은 불가능하다.

　이처럼 하층민을 노래한 이들 시에서, 비록 시인이 대상과 완전히 합치되지는 않는다 할지라도(그것은 불가능한 일일 터이며, 게다가 완전한 합치가 반드시 문예적으로 훌륭한 것도 아닐 터이다), 그럼에도 하층민을 보는 시선에 무슨 차별이라든가 우

월감이라든가 그런 것이 느껴지지는 않으며, 시인 스스로가 수더분하게 하층민과 격의 없이 어우러지는 모습을 보여 주고 있다. 이 점, 유금 시의 중요한 미덕이라 하지 않을 수 없다. 시인이 견지한 이런 시선, 이런 태도 때문에 다음과 같은 시적 발화(發話)가 가능하게 된다.

> 큰길 나서자 윙윙 바람이 부는데
> 사방의 먼 산 바라보니 구름이 환하네.
> 한세상 같이 살며 얼굴 마주치니
> 길 가득한 행인들 형제 같으네.
>
> ─「비가 개자 윤삼소 집을 방문했는데 그 도중에 짓다」중에

도시 서울의 길 가득한 행인이 비단 사대부만이겠는가. 거기에는 도시에서 살아가는 온갖 미천한 사람들이 숱하게 들어 있지 않겠는가. 시인은 자신과 한 시대를 함께 살아가는 이 사람들이 모두 형제처럼 느껴진다고 말하고 있다. 놀라운 '평등'의 관점이 아닐 수 없다. 전근대의 시인 중 이런 시적 진술을 한 사람은, 과문한 나로서는, 유금 외에 알지 못한다. 이 시구 하나만으로도 유금의 이름은 한국 시사(詩史)에 특필(特筆)될 만하다.

다섯째, 우국경세(憂國經世)의 의식 및 자국(自國)에 대한

자기의식(自己意識)이랄까 역사의식이랄까 그런 것이 보인다는 점. 유금은 사회적으로 소외된 존재임에도 불구하고 나라와 백성에 대한 근심을 놓지 않고 있으며, 자신이 나라에 아무런 보탬이 되지 못함을 안타까워하고 있다. 이 점과 관련해서는 다음 시들이 주목된다.

> (1)
> 들으니 강원도 북쪽 땅은
> 가뭄과 메뚜기로 풀 하나 없어
> 살던 사람 서캐처럼 싹 흩어져
> 이고 지고 평안도로 가고 있다고.
> ——「무자년 한가위에 (……) 시를 읊으며 회포를 풀다」의 제11수 전문

> (2)
> 가뭄 걱정하는 시 어제 짓더니
> 비 반기는 노래 오늘 짓는군.
> (……)
> 돈 많은 사람은 다투어 쌀 사들이는데
> 가난한 사람은 어찌해야 하나.
> 내 비록 용미차를 제작했지만

사람들 쓰지 않으니 소용이 없네.

임금님은 백성을 걱정하셔서

강마다 대신(大臣) 보내 빌게 하였네.

—「비 반기는 노래」 중에


(3)

거문고 불사르고 학 구워 먹은 이 있다 하더만

나라에 보탬이 되는 재주 내게는 없군.

—「기이한 것 좋아하는」 중에


이들 시에서 보듯 시인은 백성이 겪는 고통에 몹시 마음 아
파하고 있으며, 자신이 나라에 보탬이 되지 못함을 퍽 안타까워
하고 있다. 이러한 우국경세 의식은 다음의 시들에서 보듯 자국
의 역사 및 조선인으로서의 주체성에 대한 자각과 연결되고 있다.


거서간과 니사금은

성스럽고 총명하고 신덕이 있었지.

밤에도 문 열어 둔 채 닫지 않았고

왜놈들 멀리 달아나 자취를 감췄지.

—「영남으로 놀러 가는 송사언을 전송하며」의 제4수 중에

지금 사람들 제가 난 나라도 잘 모르는 주제에

입만 열면 중화를 말하지 뭔가.

—「영남으로 놀러 가는 송사언을 전송하며」의 제5수 중에

　두 번째 시에 보이는, 자기 나라의 역사며 문화며 지리도 잘
모르는 주제에 걸핏하면 중국을 들먹거리는 모화적(慕華的) 태
도로 똘똘 뭉친 당대의 조선 사대부에 대한 비판은 엄정하면서
도 예리하다. 유금 시의 어조는 대체로 온화하고 담박하지만 이
처럼 비수를 들이미는 듯한 느낌을 주는 시구도 없지는 않다.
「소일 삼아」라는 시에서 보듯 유금은 『고려사』도 챙겨 읽고 있는
데, 자국 역사에 남다른 관심이 있어서였을 것이다. 훗날 유득공
은 『발해고』를 써서 발해를 한국사의 입장에서 보는 관점을 수립
했지만, 과연 그 숙부에 그 조카라 할 만하다.

　여섯째, 경물 묘사에서 도시적 풍정(風情)이 발견된다는 점.
유금의 시에는 도시적 감수성이 번득인다. 도시적 감수성이라고
는 하나 근대 이래의 그것과 비교할 성질의 것은 아니다. 그렇기
는 하나 적어도 당대의 시사(詩史)에서 본다면 유금 시에 보이는
도시적 감수성은 주목할 만한 것이라고 하지 않을 수 없다. 오늘
날의 관점에서 본다면, 유금의 도시적 감수성은 땅의 감수성과
절묘한 조화를 이루고 있다고 할 만하다. 아니, 땅의 감수성이라

는 큰 세계 속에 도시적 감수성이 한 요소로 들어와 있음으로 인해 이채(異彩)를 발하고 있다고 말하는 것이 더 정확하리라. 그러므로 유금 시의 도시적 감수성은 자연이나 풍경을 읊을 때 묘한 경지를 획득한다. 예를 몇 개 들어본다.

(1)
한가위 하루 전날은
서쪽 나루에 사람들 배 다투더니
한가위 하루 지난 오늘은
동대문에 사람들 바글바글하이.
　—「무자년 한가위에 (……) 시를 읊으며 회포를 풀다」의 제10수 전문

(2)
강가의 나무들 어슴푸레하고
강언덕에는 사립문 삐뚜름하네.
물가에는 배들이 옹기종기 있고
땔나무 시장엔 사람이 몇 없어라.
　　　　　　　—「두물에서 물고기 잡는 것을 보다」 중에

(3)
차츰 서쪽 하늘 환해지더니

뭇 새들 하늘에 날아오르네.

젖은 구름 아직도 가랑비 내리고

나뭇잎은 우수수 소리를 내네.

기운 국화 이제야 바로 서려 하고

비 맞은 석류 윤기가 반은 덜하네.

어느새 석양이 뉘엿뉘엿 지고

먼 길에선 장사꾼 외치는 소리.

—「비가 그치다」 전문

    (1)은 한가위를 전후한 서울 도성의 풍경을 읊은 시다. (2)는 지금의 옥수동 동호대교 부근의 한강 풍경을 노래한 것이다. 한강 언덕에 있는 낮고 초라한 서민들 집, 땔감 파는 장사치들, 강에 떠 있는 배들을 수채화처럼 그려 놓고 있다. (3)은 비 그친 도성의 풍경을 그린 것이다. 제7구까지 자연 묘사로 일관하다가 마지막 구절에 와서 행상(行商)의 외치는 소리를 살짝 갖다 붙이고 있다. 이 때문에 이 시는 아주 절묘해졌다. 이 시인의 도시적 감수성이 이채를 발(發)하는 대목이다.

**4**

이상, 유금 시의 특징을 대략 살펴보았다. 유금의 시를 세상에 처음 번역해 소개하는 만큼 부득불 해설이 좀 길어졌다.

유금의 시는 전반적으로 그 톤이 나지막하고, 그 정조(情調)가 담박하다. 그리고 꾸밈이나 야단스러움이 없는 대신 자연스럽다. 고사나 전거(典據)를 별로 사용하지 않고, 마음에 떠오르는 느낌과 눈앞의 풍경을 진술하게 노래하고자 하였다. 이 때문에 유금의 시는 화려하거나 번쩍거리지는 않아도, 몹시 진실되다. 조선 후기에 마음의 진술한 유로(流露)를 중시하는 시론인 '천기론'(天機論)이 대두되어 전개되어 갔지만, 유금의 시야말로 천기(天機: 진실된 마음을 뜻하는 말)를 드러내는 시라고 할 만하다.

유금 시의 제반 특징은 1768년에 쓴 13수의 연작시 「무자년 한가위에 아우 및 조카와 성묘 가려고 했으나 비가 와서 못 가게 되자 함께 시를 읊으며 회포를 풀다」에 두루 나타나고 있다. 그러므로 『말똥구슬』을 한 번 다 보고 나의 이 글까지 읽은 독자라면 다시 『말똥구슬』로 돌아가 이 시를 한 번 더 읽기를 권한다. 그러면 유금이라는 가난하고 불우했지만 재능 있었던 한 인간에게, 그리고 이 시인의 다정하고 보드라운 마음의 결에, 그리고 시인이 자신의 시집 제목을 하필『말똥구슬』이라고 한 이유에 좀 더 다가갈 수 있게 되지 않을까 싶다.

이 역시집『말똥구슬』에는 시인이 만년에 쓴 시「병으로 누워 지내며」가 수록되어 있다. 아마도 이 시는 47세 때 쓴 것이 아닐까 짐작된다. 그렇다면 죽기 1년 전에 쓴 시다. 유금은 이 시에서, 자신이 평생 몸을 더럽히지 않기 위해 노력했노라고 말하고 있다. 이덕무는 서유구가 쓴 유금의 애사(哀辭: 애도사)를 평하는 글 속에서 "유금은 평생 꼿꼿하였다"(彈素, 骯髒一世)라고 말한 바 있지만, 이 한 마디가 유금에 대한 가장 적실한 평이 아닐까 생각된다. 유금은 온화하면서도 불의와는 타협하지 않고 양심적인 자세로 꼿꼿하게 세상을 산 인간이었던 것이다. 그러니 더더욱 불우했을 터이다. 한편, 유금은 이 시에서, 자신이 병들어 누워 있으면서도 바람 부는 나무, 꽃망울이 맺혀 있는 장미, 피어오르는 흰 구름을 바라보며 시를 짓고 있음을 노래하고 있다. 유금은 죽을 때까지 시인이었던 셈이다. 하지만 유금의 시편들은 유금이 서른한 살 때 스스로 엮은『양환집』말고는 따로 정리되어 전하는 것이 없다.『양환집』이후에 쓴 시들이 필시 많을 터인데 대부분 망실(亡失)되어 버린 듯하다. 그 점 몹시 아쉽지만, 그래도『말똥구슬』이라도 세상에 빛을 보게 되어 퍽 다행스럽게 생각한다. 적어도 우리는 이 시집을 통해 유금의 고뇌와 그 시의 개성을 파악할 수 있고, 그 결과, 작지만 영롱하게 반짝이는 하나의 새로운 별을 우리 가슴 속에 간직할 수 있게 되었음으로써다.

# 유금 연보

1741년(영조 17), 1세 — 아버지 유한상(柳漢相, 1707~1770, 호 잠서와蠶西窩)과 어
머니 평산(平山) 신씨(申氏) 사이에 4남 1녀 중 제3남으로 태
어나다. 위로 춘(瑃, 1726~1752, 호 규원葵園)과 민(玟,
1733~1754) 두 형이 있었으며, 아래로 곤(琨, 1744~1822,
호 여암餘菴)과 누이가 있었다. 둘째 형 민은 후에 중부(仲
父) 주상(周相)의 양자로 들어갔다. 유금은 조부 삼익(三益,
1670~1746)이 서자였으므로 태어날 때부터 서출(庶出)의
굴레를 안고 태어났다.

유금은 처음 이름은 연(璉)이요 처음의 자(字)는 연옥(連玉)
인데, 1776년의 연행(燕行) 이후 금(琴)이라 개명(改名)하고
자도 탄소(彈素)로 바꾸었다. 호는 착암(窄菴), 혹은 기하실
(幾何室)이다. 장진로(張津老)라고 자호(自號)하기도 했다.
본(本)은 문화(文化)요, 집안의 당색은 소북이다.

1768년(영조 44), 28세 — 「무자년 한가위에 아우 및 조카와 성묘 가려고 했으나 비가
와서 못 가게 되자 함께 시를 읊으며 회포를 풀다」를 짓다.

1769년(영조 45), 29세 — 「부평에서 돌아와 윤삼소가 내포로 떠났다는 말을 듣고」, 「재
선을 그리워하며」 등을 짓다. 이덕무, 박제가와 '해금 아회'
(雅會)를 갖다.

1770년(영조 46), 30세 — 「한번 웃노라」, 「서여오 집」 등을 짓다.

1771년(영조 47), 31세 — 「증남이 태어나다」를 짓다. 『양환집』을 자찬(自撰)하고, 박지
원의 서문을 받다.

1776년(영조 52), 36세 — 사은부사(謝恩副使) 서호수(徐浩修)의 막객(幕客)으로 북경
에 가다. 이때 유금은 이덕무·유득공·박제가·이서구 네 사
람의 시를 손수 가려뽑아 엮은 책 『한객건연집』(韓客巾衍集,
일명 사가시집四家詩集)을 중국에 갖고 가, 북경에서 만난
중국 문인 이조원(李調元)과 반정균(潘庭筠)에게 보여 주었
는데, 두 중국 문인이 이 책에 수록된 시들에 자세한 비평을
붙임으로써 조선의 네 시인이 중국에 널리 알려지게 되었다.

1783년(정조 7), 43세 — 조정의 분부를 받고 용미차(龍尾車)를 제작하다.

1787년(정조 11), 47세 — 「병으로 누워 지내며」를 짓다.

1788년(정조 12), 48세 — 이 해 음력 4월 23일 세상을 하직하다. 젊을 때 비쩍 마르고
폐를 앓았다고 한 것으로 보아 폐결핵으로 죽은 게 아닌가 싶
다. 산소는 경기도 시흥의 서우리(胥于里) 언덕이다. 조카 유
득공이 쓴 묘지명에 의하면, 장사 지낼 때 유금이 손수 제작
한 동척(銅尺: 구리로 만든 자)과 철규필(鐵規筆: 쇠로 만든
컴퍼스)을 함께 묻었다고 한다.

## 작품 원제

169

# 찾아보기